Fred & Léonie-Claire Breinersdorfer · Das Hurenspiel

Prostitution ist heutzutage oftmals gleichzusetzen mit Menschenhandel sowie einer modernen Form der Sklaverei. In „Das Hurenspiel“ vertritt Abel Lena Ulmanis, die in einem Aufsehen erregenden Prozess Kronzeugin ist. Sie wurde unter falschen Versprechungen aus Polen nach Deutschland gelockt und auf den Strich geschickt. Lena wehrte sich standhaft gegen die Prostitution, verfing sich aber immer weiter in einem Netz aus Gewalt, Unterdrückung und Mord. Als es ihr gelingt, zu fliehen, muss Abel versuchen, sie im Zeugenschutzprogramm unterzubringen, denn sie schwebt in Lebensgefahr.
Abel nimmt es mit den Hintermännern der Hurenmafia auf. Selbst der Staatsanwalt lässt sich nicht in die Karten blicken und agiert undurchsichtig. Gelingt es Abel, die schöne Lena zu retten oder spielt auch sie ein falsches Spiel?

„Das Hurenspiel“ ist der erste Abel-Krimi, den Fred Breinersdorfer zusammen mit seiner Tochter Léonie-Claire geschrieben hat.
Fred und Léonie-Claire Breinersdorfer schreiben zudem die Drehbücher für den neuen Tatort des Saarländischen Rundfunks mit Maximilian Brückner in der Hauptrolle.

Fred Breinersdorfer ist einer der renommiertesten deutschen Krimi- und Drehbuchautoren. Für die ARD schrieb er 15 Tatort-Drehbücher. Breinersdorfer erhielt zahlreiche Auszeichnungen, darunter den Adolf-Grimme-Preis mit Gold und den Deutschen Filmpreis. Mit dem Kinofilm „Sophie Scholl, die letzten Tage“ gelang ihm ein Welterfolg und die Nominierung zum Oscar ® 2006 in der Kategorie „Best Foreign Language Film“.
Léonie-Claire Breinersdorfer ist Juristin, Drehbuchautorin und Produzentin. „Das Hurenspiel“ ist ihr erster Krimi.

Fred & Léonie-Claire Breinersdorfer

Das Hurenspiel

Ein Fall für Abel

Mit einem Nachwort von Fred Breinersdorfer

PENDRAGON

Von Fred Breinersdorfer sind im Pendragon Verlag die Abel-Krimis „Das Biest", „Noch Zweifel, Herr Verteidiger?", „Notwehr" und „Der Dienstagmann" erschienen.

Unsere Bücher im Internet:
www.pendragon.de

Originalausgabe
Veröffentlicht im Pendragon Verlag
Günther Butkus, Bielefeld 2006

Lektorat: Günther Butkus, Kendra Taktak
Umschlag: Baltus Mediendesign
Umschlagfoto: Jörg Fokuhl
Satz: Pendragon Verlag auf Macintosh
Gesetzt aus der Adobe Garamond
ISBN-10: 3-86532-043-0
ISBN-13: 978-3-86532-043-8
Printed in Germany

Montag, 11. Juli

Es war ein seltsamer Tag. Drückend und schwül. Die Sonne hinter einer dicken Schicht Wolken vergraben. Wie im November tief liegender Hochnebel. Die Hitze kroch in jeden Knochen und raubte den Atem. Selbst die Vögel, die sich sonst immer im Hof des Gerichts um die herumliegenden Krumen stritten, waren heute still. Alles lag gelähmt unter dem bleiernen Himmel, der sich mit Müdigkeit für den nicht so fernen Herbst auflud. Die Fenster von Saal 003 waren geöffnet. Wer wollte, konnte jedes Wort mithören.

Abel war gerade dabei, sich mit dem Richter und der Verteidigerin einen Schlagabtausch zu liefern. „Ich protestiere, Hohes Gericht. Meine Mandantin ist eine wichtige Zeugin. Wenn sie gegen den Angeklagten aussagt und ihre Identität preisgibt, wird ihre Lage noch gefährlicher. Ich beantrage zumindest einen Sichtschutz."

Frau Seeborn, eine bekannte Rechtsanwältin in mittleren Jahren, hatte während der ganzen Zeit mit dem Angeklagten getuschelt. Nun erhob sie sich.

„Herr Richter, der Zeugenschutz wurde beantragt, geprüft und abgelehnt. Der Herr Kollege kann sich hier vor Gericht keine Sonderbehandlung rausnehmen."

Abel hatte langsam genug von der Überheblichkeit der Verteidigerin.

„Frau Seeborn, ich vertrete hier die Rechte meiner Mandantin. Allein darum geht es und nicht um eine Sonderbehandlung für mich."

Er sah sie herausfordernd an. Wie oft hatte er sich schon mit dieser Frau vor Gericht auseinandergesetzt! Bei ihr drehte sich alles nur ums Geld. Aus wohlhabender Familie stammend, hatte sie schon in Studientagen mit den jeweils neuesten Sportwagen für Furore gesorgt. Nach kurzer wilder Zeit hatte sie einen noch wohlhabenderen Münchner Anwalt geheiratet. Kaum hatte sie ihr Studium mit Auszeichnungen bestanden, war sie in die alteingesessene Kanzlei seiner Familie eingetreten. Frau Dr. Seeborn, auf das Frau Dr. legte sie großen Wert, was Abel geflissentlich ignorierte, verteidigte jeden, ohne moralische Skrupel, solange er ihre überhöhten Rechnungen bezahlte. Richter und Anwälte spotteten in der Kantine, ihrem Mann und ihr gehöre schon die halbe Maximilianstraße. Und dennoch ging sie keinen Abend vor 22 Uhr aus dem Büro.

Richter Bertrams Stimme riss Abel aus seinen Gedanken.

„Herr Abel, das Zeugenschutzprogramm für Ihre Mandantin wurde abgelehnt. Daher hat sie auch keinen Anspruch auf einen Sichtschutz im Prozess. Wachtmeister, rufen sie die Zeugin Natascha Kruwkova auf."

Abel ließ sich wütend auf seinen Stuhl fallen. Er wusste, was das für seine Mandantin bedeutete. Während er hörte, wie sie ausgerufen wurde, begegnete er dem Blick des Angeklagten. Herausfordernd schaute der Mann Abel in die Augen. Die Gläser seiner schwarzen Designerbrille funkelten, als er triumphierend lächelte und sich seiner Verteidigerin zuwandte, die ihre Unterlagen sortierte. Abel konnte diese Sorte Mann nicht ausstehen. Immer angetan mit der neuesten Anzugkollektion, heute war es Aubergine mit einer schwarzen Krawatte, mit keck nach oben gegeltem Pony und sich keiner Schuld bewusst. Da waren Abel noch die Heuchler lieber, die vor Gericht vor Zerknirschung zu zerfließen schienen. Der vorangegangene Zeuge hatte den Angeklagten so beschrieben: „Er behandelt Frauen wie den letzten Dreck; wie Ware, mit denen er sein Geld verdient, um dann seinen Freunden aus der Werbebranche Champagner zu spendieren und ihnen von waghalsigen Aktiengeschäften vorzufabulieren." Der Zeuge war voller Hochachtung für den Angeklagten gewesen.

Unruhe entstand im Gericht, als Natascha hereingeführt wurde. Als sie sich dem Angeklagten direkt gegenüber sah, wurde sie bleich, drückte sich an den Gerichtsdiener, wie um hinter ihm zu verschwinden, und sah sich Hilfe suchend nach Abel um. Abel versuchte, sie mit einem aufmunternden Lächeln zu ermutigen, als sie sich auf die Zeugenbank setzte, obwohl er wusste, dass es schwierig werden würde.

Jane bog um die Ecke, sie wirkte gehetzt. Trotz des Wetters war sie wie aus dem Ei gepellt. Sie hatte das blonde Haar zurückgesteckt und ein unaufdringliches Sommerkostüm an. Unter den von der Trockenheit schon viel zu früh braun gefärbten Kastanien lief sie eilig auf den Eingang des Justizpalasts zu. Kein Mensch begegnete ihr.

Stimmen, die sie durch die offenen Fenster bis auf den Hof hinaus vernahm, ließen sie aufhorchen. Sie blieb aufmerksam stehen. Eine Frau wurde im Zeugenstand vernommen. Es war ein schnelles, engagiertes Verhör.

Jane erkannte die Stimme von Frau Seeborn. Hart klingend, Sätze wie Messerschnitte. Die Anwältin drang auf Natascha ein, wollte sie zum Reden bringen. Selbst hier draußen hörte Jane, wie verängstigt die Zeugin war, wie sie sich durch das drängende Verhör zunehmend verunsichern ließ. Als sie zögerte, fuhr Seeborn sie an: „Nicht? – Wieso, erinnern Sie sich nicht? Nennen Sie mir einen Grund!"

Abel fiel ihr wütend ins Wort, nahm seine Mandantin in Schutz: „Lassen Sie sie ausreden. Wenn sie den Angeklagten sieht, ... die Erinnerung, sie muss sich fast übergeben, können Sie denn nicht sehen, wie schwer es ihr fällt, wieder daran zu denken?"

Der Staatsanwalt neben Abel auf der Bank schwieg und mischte sich nicht ein. Abel warf ihm gelegentlich böse Blicke zu. Keine Reaktion. Der Ankläger ließ Abel alleine kämpfen.

Jane lief weiter, inzwischen rannte sie fast. Auf dem alten Kopfsteinpflaster rutschte sie immer wieder mit ihren Absätzen aus. Dann öffnete sie die große Tür. Die Klinke war über Brusthöhe angebracht. Eine modrige Kühle empfing sie. Es war seltsam still in dem Gewölbe aus der Gründerzeit. Man merkte der Stadt an, dass die Schulferien begonnen hatten, und wer nicht wegfahren konnte, war in die Biergärten oder an die Isar geflüchtet. Jane eilte den Gang entlang zum Gerichtssaal, wo sie an der Tür lauschte, ohne einzutreten. Nun hörte sie wieder Seeborns unveränderte Messerstimme: „Schauen Sie den Angeklagten an, Frau Zeugin. Dieser Mann hier sagt, er hätte Sie nie zu irgendetwas überredet, geschweige denn gezwungen. Er sagt, Sie sind von sich aus auf die Idee gekommen, sich zu prostituieren. Sie brauchten Geld."

Wieder ein Zwischenruf von Abel: „Die Zeugin hat bei der Polizei klar ausgesagt ..."

Jane hörte, wie ihm die sonore Stimme des Richters Bertram ins Wort fiel: „Nur was die Zeugin hier sagt, ist von Bedeutung. Deswegen ist sie ja vorgeladen worden."

Abel hielt dagegen: „Aber die Aussage vor der Polizei ist ein wichtiger Vorhalt!"

Bertram seufzte und wandte sich an die Zeugin: „Hat Sie dieser Mann hier, wie Sie bei der Polizei ausgesagt haben, zur Prostitution gezwungen und mit einem Rasiermesser bedroht?"

Jane blieb weiter vor der Saaltür stehen, sah den Flur auf

und ab, als sei sie kurz davor, einen Einbruch zu begehen, und lauschte unruhig dem Fortgang der Verhandlung. Sie spürte förmlich die Bedrängnis von Natascha, wie die junge Frau mit sich rang. Mit erstickter Stimme stammelte sie endlich: „Ich kann doch ... es war ..."

Wieder fuhr die Verteidigerin dazwischen: „Falschaussage ist strafbar!"

Abel: „Das weiß die Zeugin."

Nach kurzem Zögern stieß Natascha hervor: „Ich glaube, … ich weiß nicht."

Dann brach sie ab. Jane hörte ihr unterdrücktes Schluchzen.

Der Richter fragte nach: „Also, eine Bedrohung mit dem Rasiermesser … daran erinnert sich doch jeder. – Ja oder nein?"

Natascha sah nicht zu ihrem Anwalt hinüber. Sie schwieg. Abel suchte Blickkontakt, um sie zu ermutigen.

„Wenn Sie uns nun endlich mal klar sagen würden …", drängte die Verteidigerin. Und der Angeklagte beugte sich gespannt vor.

„Sie braucht Zeit, sich zu fassen, es ist unzulässig, die Zeugin derartig unter Druck zu setzen!" Abel war wütend.

Nach langem Zögern kam ein kaum hörbares „Nein".

Im Gerichtsaal entstand Gemurmel, Füße scharrten. Jane, vor der Tür, seufzte und schüttelte den Kopf.

Der Richter wollte die Zeugin entlassen, doch Abel ging dazwischen: „Nein, die Aussage ist nicht eindeutig."

„Und wie eindeutig sie ist", triumphierte die Verteidigerin. „Ich brauche die Zeugin nicht mehr. Wer wirklich mit einem Rasiermesser bedroht worden ist, der sagt das klipp und klar, wie das Hohe Gericht schon festgestellt hat. Diese Dame will meinem Mandanten eins reinwürgen. So sieht es nämlich aus! Er hat sich um sie gekümmert. Sie hat angefangen, zu verdienen. Aber sie hat immer mehr Geld verlangt, weil sie sich etwas auf ihre hübsche Figur und ihr Gesicht einbildet. Und als das nicht funktionierte, hat sie sich mit einer Anzeige gerächt, und die Staatsanwaltschaft und der Kollege Abel sorgen dafür, dass hier ein derartiger Wirbel um nichts gemacht wird!" Das klang höhnisch und siegessicher.

Abel beherrschte sich und unterbrach so ruhig wie möglich: „Schauen Sie sich doch den Angeklagten an und dann die Zeugin. Wer setzt da wen unter Druck?"

Frau Seeborn fügte ungerührt hinzu: „Es ist zwar heutzutage politisch korrekt, jedem Mann, der im Milieu arbeitet, locker mal zu unterstellen, dass er die Frauen zur Prostitution zwingt. Aber das Milieu ist inzwischen ein ganz normales Business, in dem Frauen ihr Geld …"

Richter Bertram war erfahren genug, um die Verhältnisse zwischen Natascha und dem Angeklagten richtig einzuschätzen.

„Keine Plädoyers bitte. – Die Zeugin wird entlassen. Die Situation ist schon schwierig genug für sie."

Jane schaute sich nervös um, ging an das Ende des Flurs und blickte prüfend die Treppen hinab. Jetzt war sie froh, dass das Gericht wie ausgestorben in der Hitze brütete. Kurze Zeit später öffnete sich vorsichtig eine Seitentür des Gerichtssaals.

Aus der Tür trat Annabelle Bartosch, die als Hauptkommissarin bei der Münchner Kripo in der Ettstraße im Dezernat Kapitalverbrechen arbeitete. Jane hatte Annabelle anfangs nicht gemocht, da die Polizistin vor einigen Jahren eine kurze Affäre mit Abel hatte und Jane prinzipiell Abels Affären nicht mochte. Inzwischen bewunderte sie aber Annabelles Arbeit. Sie war unter anderem zuständig für den Schutz von Prostituierten, die sich dazu bereit erklärt hatten, gegen ihre Zuhälter auszusagen, meistens junge Frauen aus Osteuropa, die in ihrer Heimat mit falschen Versprechungen angeheuert und dann in Deutschland auf den Strich geschickt worden waren. Ohne Familie und Freunde, ohne Pässe – die wurden ihnen als erstes abgenommen – und Geld, ihrer Selbständigkeit beraubt, waren sie hilflos den Misshandlungen der Menschenhändler ausgesetzt. Wer sich dagegen wehrte oder sich sogar zu einer Anzeige durchrang, begab sich in Lebensgefahr. Wenn irgend möglich, versuchte Annabelle diese Frauen im Zeugenschutzprogramm unterzubringen.

Annabelle schaute sich vorsichtig nach Jane um, die ihr von ihrer Position am Ende des Flurs zuwinkte. Annabelle griff hinter sich und zog Natascha hastig aus dem Gerichtssaal. Die junge Frau klammerte sich völlig verängstigt an sie und musste fast getragen werden. Annabelle versuchte sie zu beruhigen, redete sanft auf sie ein.

„Natascha, hier ist keiner, und Jane wartet da vorne auf dich."

Natascha schluchzte mit ihrem starken osteuropäischen Akzent: „Warum Leute in Gericht sehe in meine Gesicht? Warum ich nicht hinter Wand wie andere Zeuge?"

Annabelle konnte sich auf diese Diskussion jetzt nicht einlassen. Sie musste Natascha so schnell wie möglich aus der Gefahrenzone Gericht bringen. Sie eilte den Flur entlang, zerrte Natascha hinter sich her. An der Treppe übernahm Jane das Mädchen und hastete mit ihr in einen Nebenflur. Mit steinerner Miene ging Annabelle zurück in die Sitzung.

An der Seite des Gerichtssaals, an der sonst der Zeugenstand aufgebaut war, stand nun doch ein breiter schwarzer Sichtschirm. In dem alten ehrwürdigen Raum wirkte er deplaziert. Als ob sich eine riesige Fledermaus vor die Richterbank gesetzt hätte. Unwillkürlich musste Annabelle bei diesem Gedanken lächeln, obwohl ihr momentan alles andere als fröhlich zumute war.

Als nächstes wurde ein V-Mann aufgerufen. Er war von der Staatsanwaltschaft in den Menschenhändlerring eingeschleust worden. Ihn durften nicht einmal die Richter oder Nebenkläger sehen, damit seine Tarnung nicht aufflog. Abels Blick traf den der Kommissarin. Er schüttelte verärgert den Kopf. Annabelle zuckte mit den Schultern.

Abel vertrat in dieser Sache Natascha als Nebenklägerin. Sein Mitstreiter als Vertreter der Anklage war ein gewisser Dr. Billmair, ein ehrgeiziger Mittvierziger, der ohne Rücksicht gegen sich und andere die Karriereleiter hinaufgestiegen war. Er stand kurz vor seiner Beförderung zum Leitenden Oberstaatsanwalt. Abel und viele seiner Verteidigerkollegen freuten sich auf den Karrieresprung. Denn dann würde er nicht mehr in Verhandlungen auftreten. Der „Leitende" war ein Bürojob. Wenn Abel als Verteidiger gegen Billmair auftrat, fürchtete er ihn. Als Nebenkläger hatte er nichts gegen eine scharfe Gangart, zumal in diesem widerwärtigen Verfahren. Die Stellung prägt die Perspektive, nicht nur bei Anwälten.

Billmair hatte ein gepflegtes Äußeres. Es gab Frauen, die fanden, dass er in seinen strengen Anzügen gar nicht schlecht aussah. Um den schmalen Mund spielte gerne ein verbindliches Lächeln, selbst wenn er die Angeklagten und Zeugen mit seinen Worten sezierte. Das früh ergraute, leicht schüttere Haar war zu einer schwungvollen Cäsarenfrisur geschnitten, ein bisschen zu sehr geföhnt für einen Mann in seiner Position. Wenn er Zeugen befragte, hatte er die Angewohnheit seine randlose Brille abzusetzen und sie säuberlich zu putzen, während der Zeuge seinen Worten nachlauschte und immer nervöser wurde. Seine Überrumpelungen kamen wohl vorbereitet und hatten oft Erfolg. Die Strafanträge nach seinen Plädoyers lagen immer am oberen Rand des Vertretbaren.

Abel wusste, Annabelle konnte den Staatsanwalt nicht leiden, musste aber direkt mit ihm zusammenarbeiten. Sie hielt ihn für unflexibel und stur und hatte den Spitznamen „Paragrafenrambo“ für ihn erfunden. Erstaunlicherweise kam Billmair seinerseits mit Annabelle wegen deren burschikoser Art relativ gut klar. Abel war sich bei Billmair nicht so sicher. Er wusste nicht, wie er den aalglatten Staatsanwalt einschätzen sollte. Billmair schätzte Abel, ließ das aber sehr selten durchblicken. Beispielsweise jetzt, als er mit einer kleinen Geste an Abel erneut das Fragerecht an die Nebenklage abtrat.

Abel begann mit der Vernehmung des V-Manns. Es war irritierend, in einem Gericht nur die Stimme zu hören, ohne den Zeugen von Angesicht zu Angesicht zu sehen. Jeder im Raum musste sich automatisch genauer auf das Gesagte konzentrieren. Abel lauschte den Antworten des Zeugen überaus aufmerksam. Der Mann sprach hochdeutsch, mit einem sanften Akzent, den Abel nicht einordnen konnte. Er bemerkte, wie sich der Angeklagte aufmerksam vorbeugte, beim Versuch zu erkennen, wer ihn da verriet.

Abel brachte den Zeugen dazu, die Namen der Zuhälter aufzuzählen, die die Mädchen „verwalteten“, sobald sie in München eintrafen. „... ein Türke namens Özer Osman und ein Deutscher aus Düsseldorf namens Lauch. Den Vornamen weiß ich nicht, weil er immer nur bei seinem Spitznamen genannt wird.“

Der Vorsitzende Richter wollte wissen: „Welcher?“

„Schnittlauch."

Schmunzeln und vereinzelt Gelächter im Saal.

Abel hakte nach, um von der allgemeinen Erheiterung wieder auf die Vernehmung zu lenken:

„Wie steht Herr Lauch zu Frau Kruwkova?"

„Na, sie war sein Pferdchen."

„Können Sie ausführen, wie Herr Lauch mit seinen Mädchen umgegangen ist. Wenn's geht, etwas genauer."

Der V-Mann zögerte. Nach kurzem Räuspern fuhr er fort. „Na ja, besonders zimperlich war's nicht. Selten ist er aufgetaucht, aber dann ging's richtig zur Sache. Die Mädchen wurden unter Druck gesetzt. Und wenn sie nicht gespurt haben, dann gab's auch das eine oder andere blaue Auge."

Jetzt wurde es interessant. Abel bohrte weiter. „Und wie war das Verhältnis von Herrn Lauch zu dem Angeklagten?"

Frau Seeborn fuhr auf. „Hohes Gericht, ich protestiere. Hier wird meinem Mandanten ein Zeuge vorgesetzt, den er nicht einmal identifizieren kann, und dann soll der über Beziehungen zwischen meinem Mandanten und Menschen sprechen, die mein Mandant gar nicht kennt. Das kann so nicht angehen."

Abel hakte nach: „Dann erklären Sie uns doch einmal, wie Sie zu dem Angeklagten stehen, Herr Zeuge."

Diesmal ging der Richter dazwischen: „Herr Abel. Da es sich bei dem Zeugen um einen V-Mann der Kripo handelt, kann er sein Verhältnis zu dem Angeklagten nicht näher erläutern, da sonst seine Identität nachzuvollziehen wäre."

Seine Finte war nicht aufgegangen, aber Abel ließ sich nicht beirren: „Wie viel Geld bringt ein Mädchen in einer Nacht ein, würden Sie das dem Gericht einmal sagen?"

Sofort antwortete der Zeuge hinter dem Schirm: „Zwischen 300 und 500 Euro, wenn sie pariert und einigermaßen ausschaut."

Abel stand auf, überschlug die Summen kurz im Kopf: „Das wären bei fünf Mädchen pro Monat ungefähr 50.000 Euro."

„Ungefähr, ja."

Abel wandte sich dem Richter zu: „Bei solchen Summen spielt ein Menschenleben keine große Rolle. Da sind Vergewaltigung und Erpressung an der Tagesordnung. Menschenhandel ist ein lukratives Geschäft in Deutschland."

Von der Verteidigerbank erscholl zynisches Gelächter. Abel drehte sich nach seiner Kollegin um, die spottete: „So stellt sich der Kollege Abel die Welt des Bösen vor."

Er starrte sie verständnislos an. Klar, sie musste sich vor ihren Mandanten stellen, aber als Frau musste sie doch zumindest innerlich eine gewisse Distanz zu Männern wie dem Angeklagten haben.

Abel wandte sich wieder Richter Bertram zu: „Hohes Gericht, da bleiben mir keine Fragen mehr."

Der Zeuge wurde entlassen. Hinter dem Schirm konnte man hören, wie der Stuhl zurückgeschoben und die Tür geöffnet wurde. Dann wurde die Verhandlung vertagt.

Ärgerlich räumte Abel seine Notizen zusammen und verstaute sein abgerissenes Gesetzbuch, in das Jane liebevoll erst vor kurzem die Nachlieferungen mit den Gesetzesänderungen einsortiert hatte, in seiner Aktentasche. Annabelle trat an seinen Tisch. Sie raunte ihm zu, dass Jane Natascha in Empfang genommen und in ein billiges Pensionszimmer in der Sendlinger Straße gebracht habe.

„Morgen bringen wir sie raus nach Ebersberg in einen Gasthof. Jane hat ein Zimmer auf den Mädchennamen ihrer Mutter reserviert. Das Zimmer kann man von außen nicht einsehen und es gibt zwei Fluchtwege."

„Okay. – Aber warum bringt ihr sie nicht heute noch da

raus? In der Sendlinger Straße treibt sich viel zu viel Gesindel rum", knurrte Abel.

„Wenn du Zeit hast?"

„Es ist nicht mein Job."

Dafür kassierte Abel einen schrägen Blick der Kommissarin. „Passiert schon nichts ..." sagte Annabelle. Sie legte ihre Hand beruhigend auf Abels Oberarm und lächelte ihn an. „Wir haben alles unter Kontrolle. Zumindest solange, bis der Fall vor Gericht abgeschlossen ist."

Abel bemerkte mürrisch: „Bei den Methoden von Frau Seeborn kann das noch dauern, die hat vor, den Prozess noch ein paar Wochen zu verschleppen." Er rieb mit verächtlicher Miene Daumen und Zeigefinger aneinander. „Money, Money."

In einer kleinen, karg eingerichteten Dachkammer, die mit rosafarbenen Plastikschläuchen, in denen kleine Lichtchen blinkten, erleuchtet war, saß Lena Ulmanis auf einem unbezogenen schäbigen Bett. Das Gewitter, das sich in den letzten Stunden entladen hatte, war in starken Regen übergegangen, der jetzt auf das Dach prasselte. Auf der dreckigen Matratze lag ein Stapel schmuddlige Bettwäsche und ausgefranste Handtücher. Nichts davon hatte sie angerührt.

Lena stammte aus Lettland. Sie war ein hübsches, schlankes Mädchen mit ausgeprägten Wangenknochen und langem blonden Haar. Zu Hause, in Riga, hatte sie es als Tochter eines Arbeiters im örtlichen Fischkombinat mit eisernem Willen und Ehrgeiz geschafft, eine Handelsakademie zu besuchen und dort ihren Abschluss zu machen. Sie hatte Buchhaltung, Englisch und Deutsch, Jura und Marketing gebüffelt. Doch danach hatte sie, trotz guter Noten, keine Anstellung gefunden. Auch nicht außerhalb von Riga.

Lena trug Jeans und einen ausgeleierten alten Pullover. Ihr Gesicht war völlig ungeschminkt. Sie hörte mit geschlossenen Augen laut Musik aus ihrem Walkman, dem einzigen wertvolleren Besitz, den sie noch hatte. Durch die billigen Kopfhörer drangen ungefiltert die Bässe. Die Musik half ihr, sich in eine andere Welt zu träumen. Nur kurz konnte sie die schäbige Umgebung und ihre Lage vergessen. Sie dachte an zu Hause. Sie war zwar arm gewesen, aber sie hatte etwas erreicht, war von ihrer Familie und ihren Freunden bewundert worden, dass sie etwas gelernt hatte. Die erste in der Familie mit einem höheren Schulabschluss!

Sie hörte nicht, wie sich ein Schlüssel im Schloss drehte, war immer noch vertieft in die Musik.

Plötzlich stand ein Mann im Zimmer. Lena öffnete die Augen und erschrak, sofort war sie wieder zurück in der Realität. Sie wappnete sich, setzte eine trotzige Miene auf. Sie ahnte, was jetzt kommen würde.

Jaro Prohaska, ein junger, athletischer Mann, war ein als skrupellos bekannter Zuhälter in München. Er hatte sein Studium an der Universität Pilsen aufgegeben, als er entdeckt hatte, dass er mit der Vermittlung von Mädchen an deutsche Reisende und LKW-Fahrer am Rande der Autobahn nach Prag schneller und einfacher zu Geld kommen konnte. Er trug schwarze Lederhosen und eine Lederjacke mit Fransen an den Ärmeln. Sein langes Haar war am Oberkopf kurz geschnitten und sein Gesicht wurde durch einen schmalen Schnurrbart und einen akkurat ausrasierten Backenbart verunstaltet. Kurz, Jaro sah aus wie die Karikatur eines Zuhälters. Er pflegte dieses Image.

Da Lena ihn nur reaktionslos anstarrte, sagte er mit drohendem Unterton: „Es ist Zeit, Lena."

Lena reagierte nicht. Jaro trat auf sie zu und riss ihr die Kopfhörer herunter. Hastig griff Lena danach und legte ihren Walkman zur Seite. Hinter Prohaska drängte Max Laiwand durch die Tür.

Jaro deutete auf seinen Begleiter und grinste. „Hoher Besuch, heute."

Lena kannte Laiwand gut, er war deutlich älter als Prohaska, stammte aus einer Wiener Sozialsiedlung. Früher Arbeitermilieu, heute kriminalisiert. Seinen starken Wiener Dialekt hatte er, obwohl er schon seit Jahren in Deutschland lebte, noch immer nicht abgelegt. Er war erst vor kurzem nach München gekommen, hatte sich aber schnell in der Szene Respekt und einen Namen verschafft. Laiwand war korpulent, aber äußerst gepflegt, er bevorzugte Maßanzüge. Starke Kurzatmigkeit quälte ihn, wozu nicht nur seine Leibesfülle, sondern auch sein nicht unerheblicher Zigarettenkonsum beitrug.

Lena starrte ihn an.

„Schau, schau, unser Augenstern! Wos machst denn so, Maderl? Brav warst nicht, wie man hört ..." Lena wandte sich ab. Sie konnte seine aufgesetzte Fröhlichkeit nicht ertragen.

Scheinbar teilnahmslos beobachtete Laiwand, wie Prohaska Lena vom Bett hochzog und sie brutal schüttelte. Er packte sie an den Schultern, zog sie ganz nah an sich heran und starrte ihr drohend ins Gesicht. Lena hielt seinem Blick stand. Sie war trotz ihrer Unterlegenheit bereit zu kämpfen und ließ sich nicht so schnell einschüchtern. Sie machte sich schroff aus Prohaskas Griff los. Provozierend langsam nahm sie eine Plastiktüte vom Bett, in die sie sorgfältig die wenigen Sachen verstaute, die ihr gehörten. Altbackene Unterwäsche, ein durchsichtiger Beutel mit Toiletten- und Schminkartikeln, zwei ausgewaschene Sweatshirts und ein paar Jeans. Dann folgte sie Prohaska, der wütend seinen Autoschlüssel am Band herumwirbelte, zur Tür, nicht ohne ihm einen Blick zuzuwerfen, der hätte töten können. Er ließ sie an sich vorbei ins Treppenhaus gehen und versetzte ihr dabei ansatzlos einen schmerzhaften Schlag mit dem Schlüsselbund, der sie beinahe zu Fall brachte. Lena starrte ihn voller Hass an und ließ sich die Schmerzen nicht anmerken.

Abel war nach der Verhandlung im Gericht geblieben, da er in einer Betrugssache noch Akten zur Einsicht bei der Geschäftsstelle holen musste. Zur Zeit lief es gut in der Kanzlei. Es hatte sich längst unter den armen Teufeln der Stadt herumgesprochen, dass Abel ein offenes Ohr für ihre Belange hatte, und so musste er immer mehr Prozesskostenhilfeanträge stellen und Pflichtverteidigungen absolvieren. Kleinkram, aber Kleinvieh macht auch Mist. Ausserdem gab es inzwischen auch Klienten aus dem Mittelstand, Angestellte, Beamte. Und Abel brauchte nicht viel zum Leben, wenn man davon absah, dass Jane auf pünktliche Überweisung ihres Gehalts pochte.

Eigentlich hatte er ja schon seit Tagen seinen alten, angegrauten Hund namens Paul Schmitz am Halsband nehmen, seine kleine Reisetasche packen und beide in seinem Auto verstauen wollen, um – wie alle anderen – der feuchten Hitze der Stadt zu entfliehen und mit offenem Verdeck und wehenden Haaren, Schmitz auf dem Beifahrersitz mit flatternden Ohren, in die Berge oder an einen der Seen zu fahren. Aber es gab keine Saison für Verbrechen, und so musste er seine Pläne immer wieder verschieben.

Müde und verschwitzt fuhr Abel zurück in seine Kanzlei. Die Sache mit Natascha ging ihm mehr unter die Haut, als er sich bislang zugestanden hatte. Annabelle hatte ihn um Hilfe gebeten, weil Natascha nicht ins Zeugenschutzprogramm aufgenommen worden und wegen ihrer Aussage bei der Polizei extrem gefährdet war. Trotz langer Kämpfe, erst von Seiten Annabelles, später verstärkt durch Abel, wurde das Programm abgelehnt mit der faden Begründung, der Steuerzahler könne nicht für jede Prostituierte, die ihren Beruf an den Nagel hängen wolle, ein Zeugenschutzprogramm finanzieren.

Abel hatte den inoffiziellen Beistand für Natascha mit Jane besprochen, vor allem die Gefahr, in die sie sich selbst begaben, wenn sie Annabelle darin unterstützten, Natascha sicher unterzubringen. Jane war trotzdem sofort Feuer und Flamme gewesen. Hatte sie doch immer schon ein offenes Herz für Frauen in Not gehabt und konnte zum Racheengel mit loderndem Schwert werden, wenn es um deren Verteidigung ging.

Abel kurvte fünfmal ums Karree, vom St. Anna Platz über die Thierschstraße und die Pfarrstraße, bis er einen Parkplatz gefunden hatte. Im Sommer war es noch schlimmer, weil sich viele Münchner gerne im ländlich wirkenden Lehel trafen, um unter den Bäumen zu essen oder ein Eis zu genießen. Das Lehel, ein Viertel in der Nähe des Englischen Gartens, vermittelte ein dörfliches Idyll mitten in der Stadt mit seinen engen, verwinkelten Gassen, den alten Häusern und dem verwunschenen Plätzchen vor dem barocken Mönchskloster, das seinen Mitgliedern in der lärmenden Großstadt Abgeschiedenheit und Ruhe gewährte. Seufzend lief Abel ein paar Querstraßen bis zu seiner Kanzlei, bei der drückenden Hitze, die nach dem Regen noch schwüler geworden war, schmerzten ihm die Füße. Abel hatte es längst aufgegeben, sich nach einem eigenen Garagenplatz umzuschauen, um der ewigen Parkplatzsucherei und den Strafzetteln der vor allem im Sommer fleißigen Politessen zu entgehen. Aber hier, in der Innenstadt, musste man schon einen Mord begehen, um einen Garagenplatzbesitzer zu beerben, und anschließend einen Kredit aufnehmen, um die Miete zu bezahlen.

Erleichtert stieg er endlich die drei Eingangstreppen zu seiner Kanzlei hoch. Die Türe stand offen bei der Hitze. Schmitz lag hechelnd auf der Schwelle und begrüßte ihn mit einem matten Schwanzwedeln. Selbst er verzichtete heute auf sein übliches Begeisterungstänzchen.

Jane saß am Schreibtisch und tippte eine Rechnung in den Computer. Auch sie sah abgespannt aus. Alle Fenster waren sperrangelweit geöffnet, aber es wehte trotzdem kein Lüftchen. Abel holte für sich und Jane einen eiskalten Weißwein aus dem Kühlschrank und brachte die Flasche mit zwei Gläsern zu Janes Schreibtisch. Er ließ sich gemütlich auf der Platte nieder, was ihm einen missbilligenden Blick von Jane eintrug. Abel störte sich daran nicht und trank genüsslich einen Schluck.

Jane nippte nur und fragte neugierig: „Erzähl schon, wie ist es noch gelaufen?"

„Wo ist Natascha jetzt?", wollte Abel vorher wissen.

„Die habe ich in ihre Pension gebracht. Dann bin ich geblieben, bis deine Annabelle kam. Sie war genauso einsilbig wie du. Deshalb bin ich hier her in die Kanzlei ..."

Das schrille Klingeln des Telephons ließ beide zusammenzucken. Abel knurrte „einfach taub stellen bei der Hitze", für heute hatte er eigentlich genug.

Jane rasselte ihren üblichen Begrüßungsspruch herunter, blieb aber nach der Hälfte stecken und erbleichte: „Oh, mein Gott."

Abel sah sie erschrocken an. Jane legte langsam auf, dann sagte sie mit Tränen in den Augen: „Natascha ist tot."

Lena ging am Straßenrand auf und ab. Sie hatte sich umziehen müssen. Zu einer kurzen hellblonden Perücke trug sie einen Leder-Mini-Rock und ein bauchfreies pinkfarbenes Top. Ihr Gesicht war jetzt grell geschminkt, aber selbst diese Maskerade konnte ihre Schönheit nicht verdecken. Mit den Plateausohlen ihrer Stiefel hatte sie Schwierigkeiten auf dem schmierigen Asphalt.

Um sie herum herrschte reger Betrieb. Andere Mädchen lehnten an Straßenlaternen oder stöckelten geziert am Rand der breiten Ausfallstraße in dem öden Industriegebiet zwischen der A 9 und dem Olympiaberg. Sie waren ähnlich gekleidet wie Lena. Wenn das Auto eines Freiers in Sicht kam, versuchte jede ihn mit obszönen Gesten oder aufreizenden Posen auf sich aufmerksam zu machen. Lena dagegen wirkte eher wie eine mechanische, aufziehbare Puppe.

Zurückgesetzt parkten die Wohnwagen, in denen die Mädchen ihrem Gewerbe nachgingen. Blinkende Neonherzen hingen in den Fenstern. Wenn ein Wohnwagen besetzt war, wurde ein rotes Licht eingeschaltet. Der Regen der vergangenen Stunden verdampfte in der Hitze unter den Straßenlaternen. In der Ferne fackelten letzte Blitze.

Langsam rollte ein Mittelklassewagen, dessen Kofferraum über und über mit Aufklebern von Fähren, Naturschutzgebieten und Freizeitparks beklebt war und dessen hintere Scheiben Sonnenblenden mit Katzengesichtern zierten, neben Lena aus.

Der Freier lehnte sich zum offenen Beifahrerfenster: „Na Kleines, bist du frei?“

„Kommt drauf an.“

„Wie viel?“

Lena antwortete mit schwerem Akzent, aber in gutem Deutsch mechanisch: „Halbe Stunde hundert, viertel Stunde fünfzig. Nur mit Präservativ.“

„Und ohne?“

Lena fauchte ihn an: „Vergiss es.“

„Wo?“

„Dort.“

Lena zeigte auf das Wohnmobil, das hinter ihr abgestellt war. Das Licht in der Scheibe leuchtete hell. Ihre Haltung blieb abweisend und kühl, als sie auf den Wohnwagen zuging, sie machte keinerlei Anstalten, sich dem Freier auch nur ein Stück zu nähern. Der musterte Lena, sie sah wirklich verdammt gut aus, da war ihm egal, ob sie ein wenig kratzbürstig war, das würde er ihr schon austreiben. Er war zwar noch jung, aber nicht besonders reinlich, vielleicht ein Familienvater, den seine Frau vor die Tür gesetzt hatte. Lena wartete mit abschätzigem Blick darauf, dass er ihr in den Wohnwagen folgte.

„Passt dir was nicht?“

Lena antwortete bockig: „Du musst ja nicht mitgehen.“

Der Freier nickte und folgte ihr in den Wagen. Das Innere war eng und schmutzig. Es wurde von einem großen Bett beherrscht, über das schlampig eine fadenscheinige purpurfarbene Tagesdecke geworfen worden war. Das Licht war gedimmt, und die roten Birnen verstärkten die schwülstige Atmosphäre noch zusätzlich. An den Wänden klebten kreuz und quer aus Pornoheften herausgerissenen Seiten. Das billige Raumspray konnte den abgestandenen Geruch nach menschlichen Ausdünstungen nicht überdecken. Auf dem Bett hatte die Frau von der letzten Schicht liebevoll Teddybären drapiert, wohl um wenigstens den Anschein von Gemütlichkeit zu erzeugen. Die pastellfarbenen Stofftiere machten das Ganze aber nur noch trostloser und trauriger.

Lena zündete sich eine Zigarette an, während der Freier sich aus seinem Schnäppchen-Anzug schälte. Sie beobachtete ihn, rauchend, die Arme vor der Brust gekreuzt. Nur noch mit Boxershorts bekleidet, stand er nun fast verlegen vor Lena, die noch immer kein einziges Kleidungsstück abgelegt hatte. Er fingerte seine Geldbörse aus dem zerknitterten Jackett und hielt ihr das Geld hin. Wie um seine magere Erscheinung zu kaschieren, fächerte er die einzelnen Scheine auf:

„Französisch und ohne Präser. Zweihundert."

„Vergiss es."

„Ja wie denn, was denn?"

Lena schaute ihm direkt ins Gesicht. Dann antwortete sie stereotyp, mit einem Anflug gespielter Langeweile und einem Seufzer: „Halbe Stunde hundert, viertel Stunde fünfzig. Nur mit Präservativ."

Langsam hatte er genug. Der Freier zog Lena heftig zu sich her und begann, ihren Rock hochzuschieben und an ihrem Top herumzunesteln. „Zieh dich erst mal aus, dann reden wir weiter. Ich muss ja schließlich sehen, für was ich bezahle."

Lena stieß ihn zurück. „Nimm deine dreckigen Finger weg!"

Der Freier zog sie noch heftiger an sich, als sie sich wehrte, griff er zunächst in ihre Perücke und als die verrutschte in ihre Haare und zerrte grob ihren Kopf zu sich heran.

Darauf hatte Lena nur gewartet. Sie entwand sich seinem Griff. „Ich zieh mich doch nicht aus, ohne dass ..."

Unerwartet packte sie den völlig überraschten Mann, der auf eine solch vehemente Gegenwehr nicht gefasst war, drehte ihm den Arm auf den Rücken, riss die Tür auf und stieß ihn aus dem Wohnwagen. Seine Kleider, die verstreut auf dem Bett verteilt lagen, raffte sie zusammen, warf sie hinterher. Die Tür krachte ins Schloss.

Außer Atem vor Wut lehnte sich Lena mit dem Rücken an die Wand und schloss kurz die Augen vor dem penetrant blinkenden Neonherz und den Pornobildern. Dann hob sie ihre Zigarette auf, die bei dem Gerangel zu Boden gefallen war, und nahm einen tiefen erlösenden Zug. Sie versuchte, sich in dieser kurzen Zeit der Ruhe wieder zu sammeln, denn sie ahnte, was nun kommen würde. Sie nahm ihren Walkman, den sie vorher sorgfältig in der Schublade eines monströsen roten verspiegelten Dings verstaut hatte, das wohl eine Garderobe darstellen sollte, setzte die Kopfhörer auf und drehte die Musik voll auf.

In diesem Moment flog die Tür auf. Das poröse Plastik knackte, als sie mit voller Wucht gegen die dünne Wohnwagenwand knallte. Laiwand und Prohaska drängten herein. Prohaska schloss die Tür und drehte den Verschlussknopf, während Lena, so weit es in dem kleinen Wagen ging, zurückwich.

Laiwand kam ohne Umschweife zur Sache. In breitem Wienerisch, fast behutsam, sagte er, wobei er ihr den Kopfhörer von den Ohren zog: „Maderl, das war jetzt schon das vierte Mal."

Lena schaute ihn verstockt an. Prohaska trat auf sie zu, viel zu nah in dem engen Wagen, und flüsterte mit eiskalter Stimme: „Schätzchen, du verlässt dich doch nicht drauf, dass wir dir nicht auf die Fresse schlagen, weil blaue Flecken schlecht für den Umsatz sind?"

Lena reagierte nicht, starrte weiter verstockt zu Boden. Urplötzlich knallte Prohaska Lena an die Wand. Der ganze Wagen zitterte. Unterdrückt schrie Lena auf. Er zog ein Messer, drückte sie mit dem Unterarm gegen die Wand und setzte ihr die Klinge an den Hals. Lena versuchte sich panisch loszumachen, aber er drückte nur noch fester, so dass sie um Luft ringen musste.

Laiwand fiel seinem Partner in den Arm: „Loas's gehen."

Dann wandte er sich Lena zu: „Schatzerl, das Leben ist zu kurz für schlechte Laune. Mir gehen heut nach dem

Dienst zum McDonalds, und du darfst bestellen, was du willst. Aber erst bedienst du korrekt."

Lena versuchte sich loszumachen, wand sich unter dem harten Griff von Prohaska, der inzwischen das Messer gesenkt hatte: „Lasst mich doch einfach laufen."

Laiwand lachte herzlich. Prohaska schleuderte Lena aufs Bett, die Perücke glitt zu Boden und ihre Haare flogen ihr ins Gesicht, als sie mit dem Kopf auf die Matratze schlug. Benommen rutschte sie in die hinterste Ecke, die sorgsam aufgereihten Teddybären kippten vom Bett. Angstvoll umschlang sie sich mit den Armen, versuchte sich mit dieser autistischen Geste von der Außenwelt abzuschotten.

Laiwand setzte sich aufs Bett, sah Lena scharf ins Gesicht: „Vorsicht Süße, i schreib di ab, du bist nur an klaaner Posten in unserer Buchhaltung", zischte er.

Prohaska beugte sich über sie, packte mit hartem Griff Lenas Kinn und zwang sie, ihm in die Augen zu schauen: „Und dann kommst zum Arkadi." Prohaska grinste breit, als er Panik in den Augen des Mädchens aufflackern sah.

Laiwand sagte, während er seine Fingernägel begutachtete: „Magsts drauf ankommen lassen?"

Als Lena nicht reagierte, riss sie Prohaska am Handgelenk von der Matratze hoch und brüllte sie an: „Du bedienst jetzt den Kunden – und zwar so, wie er will."

Lena hatte sich angstvoll in Erwartung von Schlägen zusammengerollt. Für den Moment war ihr Widerstand gebrochen.

Laiwand öffnete die Wohnwagentür. Vor dem Wagen stand immer noch das Fahrzeug des Freiers am Straßenrand. Er hatte gewartet, eine Zigarette geraucht und versucht, die Brüllerei im Wohnwagen zu verstehen. Er war inzwischen nervös. Laiwand bot ihm eine Zigarette an und sagte mit einem Kopfnicken in Richtung der Wohnwagentür: „Du kannst jetzt rein."

Gemütlich fügte er hinzu: „Sie freut sich schon so auf di."

Der Freier drückte Laiwand die Scheine in die Hand. Dieser gab ihm Feuer und zündete sich dann selbst eine Zigarette an. Der Freier ging zum Wohnwagen, Laiwand sah ihm nach. Mit einem abfälligen Grinsen steckte er die Scheine in die Tasche. Prohaska trat auf ihn zu: „Wie viel?"

Laiwand fuhr ihn ärgerlich an: „Ich mach die Abrechnung. Du kriegst scho dei Göld."

Prohaska wollte etwas erwidern. In dem Moment flog die Wohnwagentür auf, kaum dass der Freier eingetreten war. Lena schrie: „Du perverses Dreckschwein, du dreckiges, hau bloß ab."

Der Freier stürzte wieder über die wacklige Treppe hinunter und stolperte wutentbrannt auf Laiwand zu, während Prohaska zum Wagen rannte und seinen Hosengürtel herauszog.

„Ich dachte, dein Drecksflittchen spurt jetzt. Geld her!"

Laiwand reichte der ganze Zirkus. Langsam hatte er es satt, sich mit dieser kratzbürstigen Schlampe herumzuquälen. Er gab dem Freier mit der offenen Hand einen Nasenstüber und schrie ihn an: „Hau ab und wasch dich, bevor du das nächste Mal kommst."

Abel fuhr wie ein Wilder. Zum Glück waren die Straßen fast ausgestorben. Dennoch geriet er in einen Stau in einer Einbahnstraße, weil die Polizei stoisch Falschparker abschleppen ließ. Die ganze Fahrt über machte er sich Vorwürfe. Warum war er nicht nach der Verhandlung mit Annabelle zu Natascha gefahren? Warum hatten sie kein sichereres Versteck finden können? Natascha tot? Wie konnte das passieren? Er fluchte innerlich über die Justiz, die mutige Zeugen zum Freiwild machte, wenn nicht alle Voraussetzungen passten. Wie konnte es passieren, dass die Hinterleute des Angeklagten auf Nataschas Spur gekommen waren?

Er parkte auf dem Gehsteig vor einem türkischen Gemüseladen in der Schwantaler Straße, stieg aus und rannte zur Tür der Pension. Er lief ohne ein Wort an der Rezeptzionistin vorbei, die verstört hinter ihrem mit Tourismusplakaten zugeklebten Tresen stand.

Im Flur herrschte reger Betrieb, die Spurensicherung war schon bei der Arbeit. Menschen in weißen Schutzanzügen trugen Kameras, Koffer und andere Utensilien in das schlichte Zimmer, in dem Natascha untergebracht gewesen war. Als Abel hereinplatzte, stand Annabelle in der Ecke und gab Anweisungen. Neben dem Bett war ein großer Zinksarg bereitgestellt. Die beiden Männer der Rechtsmedizin schauten nur kurz auf, dann nahmen sie das blutige Leintuch zusammen und hoben Nataschas Leiche wie einen nassen Sack vom Bett in den Sarg. Während der Prozedur fiel Nataschas Arm aus dem Tuch und hing über den Rand des Sargs. Einer der Männer legte ihn vorsichtig zurück, dann wurde der Deckel geschlossen.

Abel brüllte los: „Wie konnte das passieren?“

Annabelle fauchte zurück: „Es ist Selbstmord, kein Mord! Pulsadern. Sie ist durchgedreht vor Angst.“ Leiser fügte sie hinzu: „Scheiße!“

Abel nahm Annabelle am Arm, weil inzwischen jeder im Raum aufmerksam zuhörte, und zog sie in den Gang um die Ecke.

Annabelle fuhr Abel an: „Hab ich die Vorschriften gemacht?“

Abel merkte, wie aufgewühlt Annabelle durch Nataschas Tod war. Sie hatte sich bis an die Grenzen des Möglichen dafür eingesetzt, dass Natascha ins Zeugenschutzprogramm aufgenommen wurde, war aber an der unterkühlten Professionalität des Oberstaatsanwalts Billmair gescheitert, der das Prozessrecht auf seiner Seite hatte.

Abel warf Annabelle einen Seitenblick zu. Tränen waren ihr in die Augen getreten. Er beruhigte sich etwas, während Annabelle mit den Tränen kämpfte: „Wenn ich sie wenigstens ordentlich bewacht hätte!"

„Wir sind alle schuld!"

„Wer denkt daran, dass sie ausgerechnet in der halben Stunde durchdreht, in der ich was essen gehe."

Jetzt weinte sie. Abel, der Frauen nicht weinen sehen konnte, nahm sie in den Arm.

„Sie hatte noch mehr Angst, als wir geahnt haben", Annabelle schluchzte laut an seiner Schulter, während sich sein Hemd mit einer Mischung aus Wimperntusche und Tränen durchtränkte. Nach einer Weile sagte sie ganz leise, von dem Stoff des Hemdes gedämpft: „Sie war doch noch so verdammt jung."

Mit grimmigem Gesicht streichelte Abel ihr über die Haare: „Lass uns an die frische Luft gehen."

Als Abel mit Annabelle auf die Straße trat, wurde Nataschas Sarg gerade in den Leichenwagen geschoben und die Tür geschlossen. Ein paar Passanten blieben neugierig stehen, ein älterer Mann bekreuzigte sich. Annabelle fröstelte: „Nachts hat sie oft stundenlang mit mir telefoniert. Ich dachte, wer redet, tut sich nichts an."

Abel nickte, er legte ihr wieder den Arm um die Schultern und steuerte auf sein Auto zu. Dann sagte er: „Schnaps, Bier, Wein oder nach Hause?"

Schniefend antwortete Annabelle: „Schnaps, Bier und Wein und nicht nach Hause."

Dann stieg sie zu Abel ins Auto.

Lena wurde von Prohaska aus dessen stattlichem BMW gezogen und zum Hintereingang eines Saunaclubs gezerrt. Laiwand folgte ihnen und machte sein gemütliches Gesicht. Prohaska hielt die sich windende und unentwegt kämpfende junge Frau fest, während Laiwand die Tür entriegelte. Dann bugsierten sie Lena mit vereinten Kräften die Treppe hoch in die schäbige Dachkammer. Aus der Sauna war „Je t' aime … Mois non plus" zu hören, die Hymne der Bordelle.

„Ihr perversen Säue, ihr perversen," schrie Lena und brüllte dann aus voller Lunge um Hilfe. Vergebens.

Kaum hatte Laiwand die Tür hinter ihnen geschlossen, fing Prohaska ansatzlos an, Lena zusammenzuschlagen. Erst als sie wimmernd am Boden lag, schritt Laiwand ein. Mit einer herrischen Geste hinderte er Prohaska daran, weiter auf sie einzutreten. Laiwand zog Lena vom Boden hoch. Ihr Gesicht war verschwollen, das linke Auge kaum mehr zu öffnen. Ein Cut wie bei einer Boxerin. Sie blutete aus der Nase, an der Stirn hatte sie ein großes Hämatom. Sie bot einen erbärmlichen Anblick mit ihrem blutenden Gesicht und dem verschmierten Make-up. Doch kaum hatte Laiwand sie aufgerichtet, kehrte ihr Kampfgeist zurück, und sie versuchte, sich mit einer ruckartigen Körperdrehung Laiwands Griff zu entziehen. Der hielt sie verbissen fest. Da sie weiter wie eine Berserkerin kämpfte, griff Prohaska ein, drehte ihr schmerzhaft den Arm auf den Rücken und bugsierte sie zum Bett. Obwohl ihr das kaum erträgliche Schmerzen bereitete, hatte er alle Hände voll zu tun, sie zu bändigen. Prohaska knurrte: „Dir zeig ich jetzt mal, was richtig pervers ist, du Zickenarsch."

Ein Blickwechsel, Laiwand drehte sich achselzuckend um, ging aus dem Zimmer und verschloss die Tür. Er zündete sich eine Zigarette an. Von innen ertönte ein gellender Schrei von Lena. Dann ein gurgelnder Laut. Ruhe. Max Laiwand schien nicht das Geringste gehört zu haben. Mit der Zigarette im Mundwinkel federte er, so weit es seine körperliche Verfassung zuließ, die Treppe herunter. Dabei hörte er, wie sich Lenas Wimmern in die Musik aus der Sauna mischte. „Nein, nicht, bitte nicht ..."

Abel hatte Annabelle in sein bei diesen Temperaturen verwaistes Lieblingsbistro gebracht. Bislang hatten es die Massen noch nicht als Münchner Koloritlokal entdeckt. Deswegen war die Billardkneipe noch eine ziemlich heruntergekommene Kaschemme ohne die obligatorische Außenbestuhlung oder Klimaanlage. Es roch nach Bier und abgestandenem Rauch, aber Abel brauchte jetzt eine vertraute Umgebung und keine neugierigen Blicke. Sie setzten sich an seinen Stammplatz neben dem Billardtisch, den er ausnahmsweise nicht beachtete.

Abel bestellte zwei Gläser Weißen bei der Bedienung, die hinter dem Tresen eine Zigarette drehte und lustlos in einer zerfledderten Frauenzeitschrift blätterte. Sie kannte Abel und verzog sich, nachdem sie die Bestellung gebracht hatte, wieder hinter die Bar, um nicht zu stören. Annabelle trank einen großen Schluck, dann ließ sie den Kopf hängen. Die Haare fielen ihr ins Gesicht. Sie strich sie zurück, stützte den Kopf in die Hand und starrte auf die ramponierte Tischplatte. Nach einer Weile begann sie, mit dem Finger Muster mit dem abgeperlten Kondenswasser auf der Platte zu zeichnen. Abel hatte ein schlechtes Gewissen, weil er Annabelle vorher so angefahren hatte. Ihm war klar, dass er nur seine eigenen Schuldgefühle an ihr abreagiert hatte. Eine Zeit lang sah er zu, welche Muster sie malte, dann sagte er, um sie zu trösten und abzulenken: „Schade eigentlich, dass du mich verlassen hast."

Annabelle blickte endlich auf. Wehmütig lächelte sie ihn an: „Eine Beziehung funktioniert nur dann, wenn der Partner nicht ständig mit seiner Assistentin flirtet."

„Flirten bedeutet nichts!"

„Bei mir schon."

Abel nahm einen Schluck aus seinem Glas: „Ich höre, du bist nicht mehr solo?"

„Steffen, er ist Innenarchitekt."

„Klingt solide."

Seufzend sagte Annabelle: „Er hat Augen, tief wie Bergseen."

Abel musste trotz der gedrückten Stimmung lachen. „Wow, welch ein Bild!"

Damit hatte er es geschafft, wenn auch nur für ein paar Minuten, ihre Gedanken in andere Bahnen zu lenken. Trotzdem konnte er es nicht lassen zu sticheln: „Anlass zur Eifersucht gibt's nicht bei Steffen mit den zwei Bergseen im Gesicht?"

„Reimt sich … Warum sollte es Anlass zur Eifersucht geben?"

„Schließlich bist du hier mit deinem Exliebhaber allein in einer verrauchten Bar."

Annabelle lächelte bittersüß. „Man sagt, es kommt selten etwas Besseres nach." Dann strich sie Abel zärtlich über die Wange und schaute ihm in die Augen: „Komm, lass uns über den Fall reden. Ich muss darüber sprechen mit jemanden, ... einem, der sich auskennt … verstehst du?"

Sie redete sich die Sorgen von der Seele, die sie mit jungen Frauen vom Strich hatte, wenn sie den Absprung wagten und dann bei ihr um Hilfe baten.

„Und jetzt?", fragte Abel mehr oder weniger rhetorisch.

„Das mit Natascha wird sich rumsprechen." Sie starrte an Abel vorbei und murmelte: „Warum hat sie nur die

Nerven verloren? Ich versteh es nicht, ich versteh es einfach nicht, Jean."

„Ja, scheiße, es wird noch viel schwerer werden, Vertrauen bei den Mädchen aufzubauen."

„Du musst mir helfen, Jean", sagte Annabelle.

Abel erwiderte traurig: „Ich bin raus aus dem Spiel, meine Mandantin ist tot. Und ob ich noch mal so eine Verantwortung übernehmen kann … ich weiß nicht Annabelle." Dann leerte er sein Glas und stand auf: „Komm, ich bring dich nach Hause."

Auf dem Weg schwiegen sie lange. Abel fiel ein, dass er sich jetzt dringend um Jane kümmern müsste. „Sie wird auch fix und fertig sein."

Recht hatte er, wie sich heraus stellte. Und es gelang ihm nur mühsam, seine Assistentin zu beruhigen.

Dienstag, 12. Juli

Lena lag in der Dachkammer. Sie hatte sich dicht an die Wand gedrückt und die Decke hochgezogen. Ihr tat alles weh. Ihr Gesicht war komplett verschwollen. Am schlimmsten waren die Schmerzen, die unaufhörlich durch ihr Gehirn tobten. Trotzdem hatte sie sich den Kopfhörer ihres Walkmans aufgesetzt. Sie hörte leise ruhige Musik. Sie bewahrte sie vor dem ebenso unerträglichen wie eintönigen Dröhnen der Bundesstraße, in das sich immer wieder Hupen mischten. Wie froh war sie, dass sie mit einer Kollegin ein Päckchen Zigaretten gegen einen Satz Batterien ausgetauscht hatte. Wenn sie nicht zurückspulte, würden sie noch eine Weile halten.

Nach einer Weile begann sich Lena zu bewegen, erst tastend und vorsichtig, weil jeder Knochen in ihrem Leib schmerzte. Dann setzte sie sich auf. Langsam hatte sie genug, sie musste irgendetwas unternehmen, nur raus hier. Arkadi hin, Arkadi her. Lieber wieder zurück nach Riga als in den Fängen von Prohaska und Laiwand zu bleiben. Lena stand auf, zog sich vorsichtig, da sie steif von den Schlägen war, Sweatshirt und Jeans an und ging zum Fenster. Den Walkman hatte sie sich in die Tasche ihrer Hose gesteckt. Draußen rauschte Auto um Auto vorbei und spritzte Fontänen aus Regenwasser und Straßendreck hoch. Es hatte die ganze Nacht geschüttet wie aus Kübeln. Lena begann das Fenster zu untersuchen. Ein stabiler Alurahmen, widerstandsfähiges Isolierglas. Die Beschläge zum Öffnen waren abgeschraubt. Sie überlegte kurz, dann nahm sie eine Nagelfeile und versuchte, das Silikon vom Glas abzulösen. Nach wenigen Stichen brach die Feile ab. Lena sackte gegen das Fenster, es hatte alles keinen Sinn. Selbst wenn sie es geschafft hätte, die Scheibe aus dem Rahmen zu nehmen und um Hilfe zu rufen, es hätte sie keiner gehört. Und aus der Kammer auf das rutschige Dach zu klettern, traute sie sich nicht zu. Lena wurde wütend, sie trommelte mit beiden Fäusten gegen die Scheiben. Nichts rührte sich. Kein Auto verlangsamte seine Fahrt. Sie begann zu weinen.

Währenddessen saß Laiwand unten im Saunaclub an der Bar und trank ein Mineralwasser mit Zitrone. Gedämpft lief schwülstige RnB-Musik. Im Hintergrund langweilte sich eine Gruppe halbnackter Mädchen an einem großen dunklen Tisch auf einer Eckbank mit orangefarbenen Sitzpolstern. Es war noch nicht viel los. Erst um die spätere Mittagszeit würden erste Gäste eintrudeln. Laiwand kannte jede von ihnen. Sie warfen ihm unsichere Blicke zu. Als die Tür aufging, schauten sich die Mädchen nach der potentiellen Kundschaft um, zwei oder drei sprangen sogar dienstеifrig auf. Doch als sie sahen, dass Laiwand sich persönlich den Eintretenden zuwandte, widmeten sie sich wieder ihren Milchshakes und ihren flüsternden Gesprächen.

Laiwand begrüßte jovial seine Gäste. Der Mann war ein bekannter Zuhälter, ein Russe namens Igor, der in München mehrere einschlägige Etablissements betrieb. Er war auffallend klein und dünn und immer in Bewegung. Seine Augen schienen unentwegt von links nach rechts zu wandern. Seine Begleitung, eine Frau, wirkte trotz ihrer Jugend ungeheuer seriös in ihrem eleganten Businesskostüm und der weißen Bluse. Auf jeden Fall völlig fehl am Platz in der schwülen Saunaatmosphäre. Prohaska kam hinter ihnen zur Tür herein.

Nach einer längeren Begrüßungszeremonie und nachdem die Gäste mit Getränken versorgt waren, kam Laiwand zur Sache: „Ich verkaufe Lena."

Der Russe, der lässig am Tresen lehnte, stutze, dann sah er von seiner Latte Macchiato auf: „Warum verkaufst du?"

„Ich krieg Neue."

Igor schüttelte den Kopf und grinste, er glaubte Laiwand kein Wort. Als er Lena nach Deutschland eingeführt hatte, hatte Igor mit allen Mitteln versucht, ihm die schöne neue Ware abzukaufen, aber Laiwand hatte sich geweigert, hatte er doch selbst das Potential, das in Lena steckte, längst erkannt.

Igor brachte es auf den Punkt. „Die Frau macht nur Probleme, das spricht sich rum."

Laiwand erwiderte gereizt: „Igor, du hast sie doch immer haben wollen. Jetzt mach ich dir einen guten Preis."

Zum ersten Mal mischte sich Igors Begleitung Gesche ein, die mit schwerem sächsischem Akzent sprach: „Gommt ja drauf an, wie mer das scheene Gind behandelt. Gomm, mer gucken se uns wänschstens mo an."

Laiwand nickte zufrieden. „Erst nehmen wir aber noch einen." Er schnippte mit den Fingern Richtung Bar: „Yvonne, vier Long Island Ice Tea."

Während sich der Russe neben Laiwand niederließ, verzog sich Prohaska unauffällig und murmelte: „Ich geh kurz pinkeln."

Er verschwand durch zwei Holzschwingtüren in den Umkleidekabinen. An der getäfelten Wand hingen orangefarbene Frottesäcke für die Wäsche. Auf einer Ablage stand ein großer Schminkkoffer umgeben von Kosmetika. Es war unschwer zu erkennen, dass sich hier die Mädchen frisch machten. Prohaska warf die Utensilien grob in den Koffer, ließ die Schlösser zuschnappen und nahm ihn mit. Eilig rannte er die Treppen zu der Dachkammer hoch und riss die Türe auf.

Lena stand immer noch am Fenster. Abgekapselt von der Welt durch ihren Walkman hatte sie Prohaskas Schritte nicht gehört. Als er hinter ihr auftauchte fuhr sie zusammen, und drehte sich um. Panik im Gesicht. Prohaska nahm ihr diesesmal fast zärtlich den Hörer vom Kopf. Lena wich zurück, starrte ihn mit angstgeweiteten Augen an. Ihr Gesicht war von der Misshandlung grün und blau angelaufen, die Lippen geschwollen, ein Riss lief durch ihre rechte Augenbraue. Lena versuchte, ihre Angst zu verbergen und versuchte eine aggressive Haltung einzunehmen. Prohaska liess sich nicht beeindrucken und schob sie vor den Spiegel: „Schau dir mal an, wie du aussiehst. Mach was aus dir." Er knallte den Schminkkoffer auf den Tisch. „Oder Arkadi schickt dich in die Hölle." Dann drehte er sich auf dem Absatz um und ging wieder in die Sauna.

Laiwand war dabei zu verhandeln: „6.000 Euro sind nicht viel Geld. Das ist Spitzenware. Ihr müsst sie ja nicht bei den Perversen laufen lassen. Ihr habt doch die Geschäftsleute. Die wollen so was Schickes."

Gesche meldete sich zu Wort. „Hast du ne Ahnung, das sind de Berversesten." Sie sprach aus eigener Erfahrung. War sie doch für Igor gelaufen, bis der erkannte, dass er ihren Geschäftssinn woanders viel besser einsetzen konnte. Laiwand bemerkte, dass der Russe schwankte. Um sein Angebot zu unterstützen, griff er in die Innentasche seines Jacketts, holte Lenas lettischen Pass hervor und legte ihn aufgeschlagen vor Igor hin. Das Passbild war neueren Datums. Lena lächelte in die Kamera. Sie sah jung und frisch aus. Der Russe studierte es mit Interesse. Dann nahm Gesche ihm den Pass aus der Hand und betrachtete ihn eingehend. Sie schwiegen und spannten Laiwand auf die Folter.

Prohaska trat dazu: „Wir gehen rauf, dann seht ihr, dass sie aus der Hand frisst."

Der Russe lachte ein tiefes Lachen, das irgendwo aus dem Bauchraum kam und nicht so recht zu seiner schmalen Statur zu passen schien: „Aus der Hand frisst sie? Kann man das ausprobieren?"

Prohaska erwiderte ruhig: „Aber nicht gratis, klar?"

Der Russe warf Gesche einen schnellen Seitenblick zu. Die öffnete ihre Designertasche und legte einen Hunderter auf den Tresen: „Nu schau mer ma, sacht der Kaiser."

Prohaska ging voran die Treppe hoch, hinter ihm der Russe mit Gesche. Oben angekommen schloss Prohaska umständlich die Tür auf und verursachte dabei absichtlich einen Höllenlärm. Er wollte Lena vorwarnen, damit sie sich den letzten Schliff gab, bevor die Gäste zur Begutachtung kamen. Als er bemerkte, dass der Russe auf dem schmalen Treppenabsatz hinter ihm langsam nervös wurde, öffnete er schließlich schwungvoll die Tür: Das Zimmer war leer.

Mit einem überraschten Laut trat Prohaska einen Schritt vor. In dem Moment schnellte Lenas Hand hinter der Tür hervor, sie stieß ihn, der auf alles gefasst war, nur nicht auf einen Angriff von hinten, weiter in den Raum und schlüpfte aus dem Zimmer, vorbei an den beiden Besuchern im Treppenhaus, die nicht die geringsten Anstalten machten, sie aufzuhalten.

Barfuss war Lena schnell und wendig und stürzte trotzdem halb die Treppen herunter. Das Adrenalin pochte in ihren Adern, und sie konnte an nichts anderes denken, als raus hier, raus aus dem muffigen Treppenhaus auf die Strasse und dann irgendwohin. Egal wohin, nur weit weg von hier.

Hinter sich hörte sie, wie der Russe dröhnend lachte: „Aha, sie frisst aus der Hand ..." Lena umklammerte ihren Walkman, mit der anderen Hand ihre Schuhe. Als sie gerade die Hintertür öffnen wollte, tauchte plötzlich Laiwand vor ihr auf. Er kapierte sofort, was passiert war, warf seine Zigarette weg und versuchte, nach Lena zu greifen. Er hatte aber nicht mit ihrer Kraft und Wendigkeit gerechnet. Lena sprang ihn in ihrer Todesangst an wie eine Katze. Laiwand strauchelte und fiel zu Boden. Sie hatte sich mit vollem Gewicht gegen ihn geworfen. Von oben polterte Prohaska die Treppen herunter und brüllte: „Festhalten!" Doch da war Lena schon aus der Tür und rannte die Straße entlang.

Prohaska schoss hinterher und sprintete ihr nach. Er war schnell auf den Beinen, da er regelmässig trainierte. Auch Laiwand nahm ein Stück weit die Verfolgung auf, aber seine mangelnde Ausdauer stoppte ihn schnell. Nach wenigen Metern blieb er stehen, lehnte sich gegen eine Hauswand und hustete sich die Seele aus dem Leib. Der Schweiß troff ihm aus den Haaren. Er krampfte die Hand über seiner Brust zusammen. Kurz geriet er in Panik, beruhigte sich dann aber wieder. Der ungewohnte Schmerz war Seitenstechen und kein Infarkt.

Prohaska dagegen holte auf. Lenas nackte Füße schmerzten.

Inzwischen war Lena aus der Seitenstrasse, wo sich die Sauna befand auf die Landshuter Strasse eingebogen. Prohaska hatte sie fast eingeholt. Sie konnte hinter sich sein Keuchen hören. Lena merkte, dass sie am Ende ihrer Kräfte war. Ihr Atem kam stoßweise und vor ihren Augen flimmerte es. Sie hatte einen metallischen Geschmack im Mund. An einer roten Ampel auf der gegenüberliegenden Straßenseite wartete ein Auto. Mit letzter Kraft schlug sie einen für Prohaska nicht vorhersehbaren Haken und riss die Tür des Wagens auf, der gerade anfuhr, da die Ampel inzwischen auf Grün umgesprungen war. Sie rannte drei Schritte neben dem Fahrzeug her, dann warf sie sich in den Fond und knallte die Tür zu.

Im Auto saß ein Ehepaar mittleren Alters. Der Mann steuerte den Wagen. Er protestierte lautstark, hielt aber nicht an. Die Frau auf dem Beifahrersitz drehte sich um und starrte Lena entgeistert an. Prohaska versuchte, ebenfalls die Tür zu fassen zu kriegen, verfehlte sie aber um Handbreite und knallte auf den Asphalt, während das Auto schneller wurde und im Verkehr verschwand. Lena lag keuchend halb auf dem Sitz und sah durch die Rückscheibe, wie Prohaska sich aufrappelte und hinter dem Auto her rannte.

Sie wimmerte: „Polizei, bitte schnell zur Polizei."

Nun bremste der Mann doch. Er verstand die Situation nicht. Sofort war Prohaska wieder an der Tür. Gellend schrie Lena. Die Frau auf der Beifahrerseite schnauzte ihren Mann an: „Bruno, fahr endlich!" Da gab er wieder Gas. Durch die Rückscheibe beobachte Lena, wie Prohaska anfangs noch dem davonrasenden Wagen folgte, dann aber aufgab und auf dem Trottoir auslief.

Laiwand lehnte immer noch an der Hausmauer. Ganz langsam kam er wieder zu Atem. Neben ihm stand inzwischen Igor der Russe und lachte sich schief, während Gesche indigniert ihre frisch manikürten Nägel betrachtete. Es hätte ja auch eines von den Kunstwerken abbrechen können bei der ganzen Rennerei im Treppenhaus.

Gelangweilt sagte sie: „Igor, gomm mer fahrn." Dann wandte sie sich verächtlich zu dem schwer schnaufenden Laiwand um: „De Hundert grich mer noch zurück." Zähneknirschend wühlte Laiwand in seiner Jackentasche und reichte ihr den Schein, den Igor für den Probelauf anlegen wollte. Grinsend nahm dieser das Geld entgegen, legte seiner Partnerin den Arm um die Schultern und entschwand mit ihr in Richtung Parkplatz, wo er seinen alten, türkis lackierten Daimler mit den protzigen neuen Alufelgen geparkt hatte.

Abel lag schon im Bett und schlief. Er hatte oft an Natascha denken müssen und versucht, die quälenden Gedanken mit einem leckeren Mahl zu verscheuchen. Zum Abendessen hatte er eine Flasche Weißwein aus Australien getrunken, die ihm ein Freund mitgebracht hatte. Dazu hatte er sich ein Stück mageres Rindfleisch gebraten, das er brüderlich mit Schmitz teilte. Je älter der Hund wurde, desto mehr vergaß er die Manieren, die man ihm im Tierheim mühsam anerzogen hatte, bevor Abel ihn zu sich holte und seinerseits nichts mehr dazu beitrug, sie weiter zu verfeinern. Inzwischen saß Schmitz bei jeder Mahlzeit mit sehnsuchtsvollem Blick fast auf Abels Schoß und hypnotisierte jeden Bissen, den dieser zu sich nahm. Abel hatte bald aufgegeben, Schmitz den Rest des Steaks hingeworfen und sich seinem Salat gewidmet. Wenigstens eine Vorliebe für Vitamine hatte Schmitz noch nicht entdeckt.

Nach solch lukullischem Mahle waren beide früh ins Bett gegangen. Schmitz, der majestätisch auf seiner Hundedecke ruhte und ein bisschen Dankbarkeit zeigen wollte, wärmte dem tief schlafenden und schwitzenden Abel fürsorglich die Seite. Und schnarchte leise.

Plötzlich knarrte eine Diele. Schmitz spitzte die Ohren. Durch den Türspalt, konnte man erkennen, dass im Büro das Licht angeknipst wurde. Schmitz knurrte gefährlich, sprang vom Bett und quetschte sich wütend bellend durch den Spalt. Endlich schreckte auch Abel hoch. Er bemerkte sofort das Licht, angelte sich seinen Morgenmantel und eilte zur Tür. Vorsichtig rief er: „Jane?“

Dann stieß er vollends die Tür auf. Im Büro stand Annabelle. Sie hatte Lena im Arm. Das Mädchen sah schlimm aus. Missbraucht, gedemütigt, geschlagen und verdreckt schmiegte sie sich ängstlich in den Mantel, den Annabelle ihr umgehängt hatte. Verlegen entschuldigte sich Annabelle, als sie Abels entsetztes Gesicht sah: „Ich hab immer noch einen Schlüssel."

Sie hielt ihn hoch und legte ihn dann auf Janes Schreibtisch.

Renate aus Dortmund hatte keine Lust mehr. Sie lungerte an der Bordsteinkante vor ihrem Wohnwagen herum. Ihre Füße schmerzten und sie war es leid, hüftschwenkend hin und her zu paradieren. Es war kein guter Tag gewesen. Auch auf dem Strich machte sich die Urlaubszeit bemerkbar. Die Familienväter, die sonst nervös auf eine kurze Nummer bei ihr vorbeischauten, waren samt Ehegattin und Bälger in die Ferien verschwunden. Aber danach würden sie ausgehungert wiederkommen, und dann hätte sie viel zu tun, tröstete sie sich. Vielleicht sollte sie auch einmal wegfahren. Zu Hause ihre Familie besuchen. Zynisch über sich selbst lachend, verwarf sie den Gedanken wieder. In dem Moment sah sie, wie Prohaska auf sie zusteuerte.

Das hatte ihr heute noch gefehlt. Jedes Mal, wenn sie in die kalten Augen in Prohaskas hübschem Gesicht blickte, war sie glücklich, dass sie nicht sein Pferdchen war. Sie hatte von den anderen Mädchen schon viel über ihn gehört. Er machte ihr Angst. Kaum hatte Prohaska sie erreicht, sprach er sie an, während er ihr grinsend in die Augen starrte. Renate wich seinem Blick aus.

„Der Max und ich, wir zahlen einen Tausender, wenn du uns sagen kannst, wo Lena ist."

Renate sah überrascht auf, Lena war zur Zeit das Gesprächsthema bei allen. Kein Wunder, das arrogante Stück hatte sich geweigert, mit ihnen zu arbeiten. Seit sie angekommen war, hatte die ganze Szene verrückt gespielt. Laiwand hatte sie stolz herumgezeigt und jedes Kaufangebot abgelehnt, doch dann hatte sie nur Schwierigkeiten gemacht.

Inzwischen liefen Wetten, wann sie endlich das erste Geld für wen anschaffen würde. Und jetzt war sie abgehauen. Einfach ohne Pass und Geld. Renate hatte von ihrer Flucht gehört, vor allem wie sie Prohaska abgehängt hatte und bewunderte sie dafür fast schon.

„Die Lena? – Die hat doch nix getaugt."

Prohaskas Grinsen vereiste. „Maul halten, Ohren aufmachen. – 1000! Sag's auch den anderen."

Renate lachte laut auf. „Bin ich blöd? Komm morgen früh noch mal."

Damit drehte sie sich um, ging zu ihrem Wohnwagen, zog sich bequeme Schuhe an und löschte die hektisch blinkenden Lichtergirlanden. Dann machte sie sich auf den Heimweg in ihre schäbige Pension. Morgen musste sie früh aufstehen und Informationen sammeln. Immerhin ging es um einen Tausender, den sie an ihrem Luden vorbei verdienen konnte.

Abel kochte den beiden Frauen erst mal einen Teller Pasta mit Salat, während Lena duschte und einen seiner Schlafanzüge überzog. Annabelle verpflasterte danach Lenas Lippe und gab ihr Salbe für das geschwollene Auge. Die beiden Frauen aßen schweigend. Abel spürte, dass Lena noch nicht in der Lage war, über ihre Erlebnisse zu sprechen. Deshalb ließ er sie in Ruhe und richtete ihr in seinem Schlafzimmer das Bett. Annabelle räumte das Geschirr auf die Anrichte in der Küche, während Lena barfuß mit angezogenen Knien in dem viel zu großen Schlafanzug auf ihrem Stuhl saß und ins Leere starrte.

Annabelle versuchte sie aufzumuntern: „Komm Lena, jetzt geh ins Bett. Ruh dich erst mal aus, den Rest erledigen wir morgen."

Lena sah sie mit großen Augen an, dann nickte sie wortlos, stand auf und folgte Annabelle ins Schlafzimmer. Der Hund beobachtete sie aufmerksam, aber distanziert. Abel drohte dem Tier mit dem Finger, und Schmitz erinnerte sich an seine gute Erziehung. Er legte sich auf den Boden, den Kopf zwischen die Vorderpfoten und tat, als verstehe er was vorging.

Der Hund schien Lena nicht zu ängstigen. Lange Zeit hatte sie nicht mehr in einem richtigen, frisch gewaschenen Bett geschlafen. Annabelle deckte sie zu.

„Gute Nacht. Hier bist du sicher."

Dann drehte sich Annabelle um und ging hinaus. Panisch fuhr Lena im Bett hoch.

„Nicht alleine lassen."

„Ich bleibe ja da. Versuch einzuschlafen. Und außerdem ist der Hund hier."

Sie lehnte vorsichtig die Tür an und ging zurück zu Abel, der nachdenklich am Küchentisch saß und mit dem Korkenzieher spielte.

Lena sah ihr nach. Sie lauschte nervös, aber im Lehel war es um diese Uhrzeit sehr still. Nur in der Ferne rumpelte eine späte Trambahn leise in ihren Schienen. Nicht der ewige, nie endende Verkehrsstrom, der sie in ihrer Dachkammer jede Nacht, wenn sie wach lag, gequält hatte. Ein leises Quietschen der Tür ließ sie zusammenfahren. Erschrocken sah sie auf, dann musste sie lächeln. Schmitz quetschte sich neugierig durch den Türspalt. Kurz wartete er Lenas Reaktion ab, bevor er ans Bett kam und sie mit seinen dunklen Augen forschend ansah, dann rollte er sich auf dem Bettvorleger zusammen. Lena legte sich auf die Seite, kraulte den großen Hund, spürte seinen gleichmäßigen Atem und die Wärme seines Körpers und wurde ein wenig ruhiger. Bei jedem ihr ungewöhnlich erscheinenden Laut zuckte sie aber erneut zusammen und horchte in der Dunkelheit nach. Dann hörte sie nur draußen die leisen Stimmen von Annabelle und Abel. Irgendwann schlief sie endlich ein.

Annabelle saß inzwischen zusammengesunken am Tisch und blickte Abel an.

„Jetzt haben wir wieder den Salat“, sagte Abel.

Annabelle nickte. „Mal sehen, ob Billmair diesmal einsieht, dass das Mädchen Schutz braucht.“

Annabelle berichtete: Lena war völlig aufgelöst von einer Streife in der Ettstraße gebracht und in ihr Zimmer geführt worden. Die Kollegen wussten, Annabelle hatte Erfahrung und Einfühlungsvermögen, und mit misshandelten Frauen kannte sie sich besonders gut aus. Aber Annabelle hielt die Belastung kaum noch aus. Schuldgefühle und Versagensangst nach Nataschas Tod quälten unablässig. Annabelles Chef hatte ihr angeboten, drei Tage nicht zum Dienst zu kommen, ohne eine ärztliche Bescheinigung vorzulegen. Er brauchte kein Attest um zu sehen, wie es der Kollegin ging. Annabelle tat gerade das Gegenteil, sie ging kaum noch nach Hause, weil sie die Einsamkeit ihrer Wohnung fürchtete. Außerdem hatte ihr Freund nicht viel Verständnis für Annabelles Situation.

Abel nickte und verkniff sich eine Bemerkung, so nach dem Motto „Augen, die nichts taugen“.

„Und dann steht plötzlich schon wieder eine fassungslose, gehetzte und geprügelte Frau vor mir, kriegt kein Wort raus. Hat keine Papiere. Aussage Fehlanzeige. Nennt keinen Namen. Und Billmair ist sowieso nachts nicht zu erreichen. Und morgen früh nicht, weil er im Zweiten Juristischen Staatsexamen prüft.“

„Ist vielleicht besser so, da haben wir länger Zeit, uns was einfallen zu lassen.“

Annabelle lachte bitter: „Die einzige Unterbringungsmöglichkeit neben der billigen Pension, in der Natascha sich umgebracht hat, sind die Haftzellen im Durchgangsgewahrsam im Untergeschoss der Ettstraße. Unzumutbar!"

„Auch wieder richtig", sagte Abel und schielte zur Tür seines Schlafzimmers.

„Sie kann sich doch wenigstens hier ausschlafen?", fragte Annabelle voller Sorge.

Abel saß Annabelle still gegenüber und spielte weiter mit dem Korkenzieher. Die frisch geöffnete Flasche Riesling stand unangetastet daneben.

„Ich weiß, du achtest drauf, dass dir keiner folgt."

Annabelle sah auf. „Aber man kann nichts ausschließen." Dann nahm sie ihre Handtasche auf den Schoß, öffnete sie und legte eine gewaltige Pistole auf den Tisch.

„Nimm das Ding weg."

Annabelle ließ die Pistole liegen. „Und Morgen?"

Wieder ein Blick Richtung Tür.

„Du bist wieder im Spiel, Abel."

Abel legte den Korkenzieher weg: „Dazu muss sie mir erst einmal Mandat erteilen."

„Mach jetzt nur nicht mit Formalkram rum." Annabelle sah in lange an: „Außerdem, hat sie denn eine andere Wahl?"

Abel überlegte kurz, dann sagte er gedehnt: „Ich hätte morgen früh erst um zehn einen Termin. Und ihr tut es gut, wenn sie sich mal ausschlafen kann. – Sie muss doch nicht etwa schon morgen um sieben zum Frauenarzt?"

Annabelle erwiderte müde: „Sie war schon in der Klinik. Wir lassen die Untersuchung und den Abstrich immer so schnell wie möglich machen. Die Spurenlage wird ja nicht besser."

„Und?"

„Bestialisch vergewaltigt. – Ich denke mir bei solchen

Arztbesuchen mit den Opfern immer, wie ich mich fühlen würde, wenn mir so was passiert wäre."

Annabelle brütete wieder vor sich hin. Abel versuchte sie abzulenken, schenkte endlich ein Glas Wein ein und hielt es ihr hin. Annabelle erwachte wie aus einer Trance. Verständnislos betrachtete sie das Glas, dann winkte sie mit einer Geste ab und erhob sich.

Lächelnd sagte sie: „Ich bin ja auch wieder im Spiel."

Dann wurde sie ernst. „Sonst heißt's, ich hab wieder mal nicht richtig aufgepasst."

Abel schaute ihr tief und lange in die Augen. Er war sich nicht sicher, ob er sie schon gehen lassen sollte. Er spürte ihre Traurigkeit, aber auch den neu erwachenden Trieb zu helfen. Annabelle lächelte und fuhr Abel über die Haare.

Abel sagte: „Entschuldigung. Ehrlich."

Anabelle schaute ihn schweigend an, dann gab sie sich einen Ruck und nahm ihre Tasche von der Stuhllehne.

„Danke, dass du sie genommen hast. Bei mir kann sie nicht bleiben. – Steffen will das nicht."

Annabelle kramte ihre Autoschlüssel aus der Tasche und lächelte Abel zum Abschied zu.

„Ich hol sie morgen früh spätestens um acht Uhr ab."

Abel rollte mit den Augen. Annabelle musste lachen: „Ich bring auch die Brötchen mit."

Dann hauchte sie ihm einen Kuss auf die Wange. Abel schloss genüsslich die Augen.

„Ich mag dein Parfum."

„Irgendwie bist du ganz anders als die anderen."

Verwundert öffnete er die Augen wieder: „Männer?"

„Anwälte."

Damit war sie an der Tür.

„Nimm die Pistole mit", sagte Abel. „Glaub's endlich,

ich schieße mir vor Schreck eher selbst ins Bein, bevor ich einen anderen treffe."

„Stell dich nicht so an."

„Nimm sie mit. Ich habe ja den Hund."

Annabelle seufzte, kam noch einmal zurück und packte die Waffe in ihre Handtasche.

Mittwoch, 13. Juli

Jane war noch schnell in der Reinigung gewesen und hatte ein paar Kleider abgeholt. Jetzt balancierte sie sie, in Plastikfolie verpackt, in der einen Hand, während sie mit der anderen den Bürobriefkasten leerte und einen Stapel Post so unter den Arm klemmte, dass sie die Tür aufschließen konnte.

Fröhlich rief sie: „Guten Morgen, Meister der Paragrafen, Ritter des Rechts. Heut ist es endlich mal ein bisschen kühler. Glaubst du, dass sie in der Reinigung einen an der Klatsche haben? Wieder einen Euro bei den Jacketts aufgeschlagen. Und 1,50 bei den Blusen. Ich geh da nicht mehr ... “

Jane blieb verblüfft stehen. Am Esstisch saß Abel mit Annabelle und einer anderen Frau beim Frühstück. Mit einer Frau, okay, das kam vor. Zwei Frauen waren ungewöhnlich. Jane stutzte vor allem wegen Lenas Aussehen und Outfit: Abels Morgenmantel, die dünne Bürostrickjacke von Jane über den Schultern und Wollsocken. Sofort war ihre gute Laune dahin. Abel war ihr Minenspiel nicht entgangen. Gelassen murmelte er, während er in ein dick mit Wurst und Käse belegtes Brötchen biss: „Morgen Babyjane, Fee meiner Schriftsätze, Erleuchtung meiner Gedanken.“

Jane erwiderte ebenso distanziert wie spitz: „Oh, Damenbesuch. Annabelle!“

Abel musste über den kleinen Eifersuchtsanfall lächeln. Schon früher hatte Jane ausgesprochen allergisch reagiert, wenn sie Annabelle am Morgen in der Kanzlei vorgefunden hatte.

Jane legte nach: „Übernachtet jetzt die Kripo samt Klienten gleich beim Anwalt?“ Sie legte die gereinigten Kleider sorgfältig auf einen Stuhl.

Annabelle versuchte, die Stimmung zu retten, „Hallo Jane, es ging nicht anders."

„Das sagen die Mandanten immer", knurrte Jane.

Annabelle zeigte auf Lena: „Das ist Lena aus Lettland. Sie hat in Riga Deutsch und Betriebswirtschaft studiert. Tja und dann ..."

Jane zögerte zunächst, gab sich dann einen Ruck und reichte Lena die Hand. Aufmerksam musterte sie das zerschlagene geschwollene Gesicht des Mädchens. Leise und einfühlsam sagte sie zu Annabelle: „Sie ist ja noch schlimmer zugerichtet als Natascha."

„Ja."

Doch dann wandte sich Jane wieder Abel zu. „Trotzdem – oder gerade deswegen: Prima, ein Nachtlager der Zeugin in der Kanzlei eines einschlägig bekannten Verteidigers ... Jean, das kannst du nicht bringen. Das ist zu gefährlich und macht dich vor Gericht angreifbar. Wenn du Pech hast, wird das noch von der Presse ausgeschlachtet."

Lena nahm die Jacke von ihren Schultern und reichte sie Jane mit schuldbewusstem Blick. Doch Jane wehrte ab. Sie suchte in ihren Sachen aus der Reinigung herum, fand eine Jeans und warf sie Lena zu: „Da haben Sie wenigstens was Anständiges zum Anziehen."

Energisch wandte sie sich an Abel. „Also ich meine wirklich, ist das nicht ein bisschen arg fahrlässig, wenn so ein Mädchen hier übernachtet, nachdem vorgestern ..."

Jane sah Lena mit einem Seitenblick an. Sie setzte den Satz nicht fort, da sie nicht sicher war, was das Mädchen wusste und ob sie die Wahrheit verkraften würde. Doch Lena hatte schon verstanden, dass da etwas passiert sein musste.

Sie fragte leise: „Was war vorgestern?"

Abel antwortete ihr ernst: „Wir haben eine Zeugin durch

Selbstmord verloren. Lena, Sie sollten wissen, dass die Sache nicht einfach wird."

Lena musste schlucken. Sie behielt aber die Fassung.

Annabelle sprang ein. „Komm Lena, zieh dich um, wir müssen los." Und Richtung Jane: „Danke für die Jeans."

Die Fahnder der Schwerpunktabteilung Organisiertes Verbrechen hatten sich in einer alten Fabrik in Pasing eingemietet, wo es bunt und chaotisch zuging. Neben einem kleinen Theater gab es Trödelläden, ein Tattoostudio und Cafés. Außerdem hatten viele Musiker ihre Proberäume im labyrinthartigen Keller, und ein Stockwerk war in Ateliers aufgeteilt, die an Maler und Bildhauer vermietet wurden. Hier kam jeder her. Vom Junkie bis zum Manager. Das war gut für die Tarnung der Fahnder, die in dem Komplex ein Büro für Kontakte zur Szene unterhielten.

Annabelle traf sich hier mit Staatsanwalt Billmair, nachdem er mit der Examensprüfung fertig war, wo wegen seiner Fragen eine Kandidatin im freien Fall durchgerasselt war. Billmair kümmerte das wenig. Nach seiner Ansicht gab es sowieso zu viele Juristen. Er wirkte gelöst, summte vor sich hin und blätterte in einem Kalender, während Annabelle an einem Computerarbeitsplatz saß und Billmair Bericht erstattete. Sie trug Hosen, das Haar förmlich hochgesteckt, dezentes Make-up. Sie sah besser aus, auch wenn sie wieder sehr schlecht geschlafen hatte. Aber der neue Fall, die neue Aufgabe erforderten Kraft und Konzentration, verdrängten die Depressionen. Weiß der Himmel, wo Annabelle die Kondition hernahm.

Billmair fragte: „Waren Sie schon mal an der Richterakademie in Trier zu einem Lehrgang?"

Annabelle antwortete beiläufig, während sie ein fertig gedrucktes Blatt aus dem Drucker nahm: „Bin ich Richterin? – Der brutalere heißt Jaroslav Prohaska, genannt Jaro. Er ist Tscheche. Sein Studium an der Universität Pilsen hat er aufgegeben. Er hat wohl festgestellt, dass es einfacher ist, zwei oder drei Kommilitoninnen auf dem Straßenstrich zu vermarkten, als Statistik zu pauken. Einschlägige Vorstrafen in Tschechien, bei uns ist er sauber."

Billmair schien das nicht sonderlich zu beeindrucken: „An der Richterakademie gibt es auch Kurse für die Polizei."

Annabelle knurrte: „Wollen Sie damit sagen, dass ich Fortbildung nötig habe?"

„Wer hat das nicht?" Beiläufig streute er ein: „Prohaska ist der Name? Wieder nur einer von den kleinen Fischen. Und der andere?"

Er ließ seinen Stuhl nach hinten gegen das Fenster kippen, durch das man das Fabrikgelände mit seinem bunten Treiben beobachten konnte, und begann, seine Brille zu polieren.

„Laiwand, Max, österreichischer Staatsangehöriger."

Schlagartig verfinsterte sich Billmairs Miene, als er den Namen hörte.

Annabelle hakte nach: „Bekannt?"

Billmair setzte sich sorgfältig seine Brille wieder auf und konterte: „Nein, nein. Blöder Name. Laiwand heißt auf Wienerisch so was wie „Spaß haben". Auch kleiner Fisch?"

Anabelle hatte das Gefühl, dass Billmair der Name Laiwand mehr sagte als er zugab.

Distanziert antwortete sie: „Jedenfalls auch keiner von den ganz großen Bossen, aber ein bekannter Importeur. Soll ich übernehmen?"

Billmair ließ seinen Stuhl nach vorne kippen und stand auf: „Ich schau mir die Zeugin erst mal an."

Plötzlich wirkte der Staatsanwalt verspannt und hart.

Inzwischen stieg Abel mit Lena die Treppe in der Fabrik hoch. Die Fahrt vom Büro hierher war einsilbig verlaufen. Er spürte, dass Lena Angst hatte. Jetzt würde sich entscheiden, was weiter mit ihr geschehen würde.

Im obersten Stockwerk angekommen, drückte Abel auf die Klingel. An der Tür war ein Schild befestigt: „Immobilienbüro Kollmann", daneben war eine kleine Videokamera angebracht. Durch die Milchglasscheiben, die sehr stylisch aussahen, konnte man nicht erkennen, was in dem Büro vor sich ging. Annabelle öffnete die Tür. Mit einem prüfenden Blick die Treppe hinunter ließ sie die beiden ein. Innen war der Flur mit einem teuren Teppich ausgelegt. Das war aber auch das einzige, was mit einem Immobilienbüro Ähnlichkeit hatte. Durch eine der Türen sah man in einen großen Raum, in dem die Schreibtische über und über mit elektronischen Apparaten und anderen Utensilien zur Observierung beladen waren. Jemand trat von innen an die Tür, die krachend zufiel.

Annabelle nahm Lena am Arm und führte sie zu dem Besprechungsraum, in dem der Staatsanwalt wartete. Abel folgte. Lena zuckte zurück, als sie Billmair sah. Es war eine völlig ungewohnte Situation für sie. Alle Männer, die sie in letzter Zeit getroffen hatte, hatten ihr Schmerzen zugefügt oder sie gedemütigt, verraten und verkauft. Nur Abel war eine Ausnahme, von der Lena nicht wusste, wie sie sie einschätzen sollte.

Annabelle sagte zu Billmair: „Das ist die Zeugin Lena Ulmanis."

Die harte, unterschwellig fast aggressiv wirkende Ausstrahlung des Staatsanwaltes, der ihr gegenüberstand und sie gnadenlos musterte, schüchterte Lena ein. Sie setzte ein unsicheres Lächeln auf, um Entgegenkommen zu signalisieren. Billmair starrte sie aber weiter undurchdringlich an und machte keine Anstalten Lena anzusprechen. Annabelle sprang ein und stellte sie vor: „Lena, das ist Oberstaatsanwalt Billmair. Er wird über Ihre Aufnahme in das Zeugenschutzprogramm entscheiden."

Billmair nickte Lena zu, gab ihr aber nach wie vor nicht die Hand. Abel räusperte sich: „Herr Kollege ..."

Billmair drehte sich um, er hatte Abel nicht hereinkommen gehört. Sofort erschien ein joviales Lächeln auf seinem Gesicht und er begrüßte Abel mit Handschlag. Dabei presste er die Hand des Anwalts so fest zusammen, dass Abel ein wenig zuckte und seine Hand zurückzog. Diese Wirkung war beabsichtigt, wie Abel an dem zufriedenen Grinsen auf Billmairs Gesicht feststellen konnte.

„Guten Tag, Herr Anwalt. Die junge Dame kommt gleich mit juristischem Beistand, wie ich sehe."

Dann deutete er auf einen Stuhl, der mitten vor dem Schreibtisch positioniert war. Lena setzte sich vorne auf die Kante. Sie betrachtete verschüchtert den Camcorder mit kleinem Stativ, der griffbereit auf dem im Übrigen leeren Schreibtisch lag. Die Atmosphäre machte ihr Angst. Abel stellte sich etwas weiter hinten an der Wand auf und schaute aus dem Fenster. Die Sonne hatte sich verzogen. Wieder hing ein diesiger Himmel über München, drückte die Stimmung. Annabelle setzte sich auf ihren Stuhl neben den Drucker und stellte den Camcorder auf, mit dem regelmäßig die Aussagen von Zeugen aufgezeichnet wurden.

„Ja."

Ohne jede Verbindlichkeit kam Billmair zur Sache: „Frau Ulmanis, Sie sind hier Zeugin. Sie müssen damit einverstanden sein, dass wir eine Aufzeichnung von Ihrer Aussage machen."

Lena musterte eindringlich die Schreibtischunterlage aus Leder, wo jetzt der Camcorder stand und nickte. Sie hob vorsichtig den Blick. Billmair drückte die Aufnahmetaste. Dann sprach er Richtung Mikrofon der Kamera: „Vernehmung der Zeugin Lena Ulmanis, lettische Staatsangehörige, durch Oberstaatsanwalt Billmair und die Kriminaloberkommissarin Bartosch. Im Beistand Rechtsanwalt Abel. Die Zeugin erklärt nach Belehrung: Ich bin einverstanden, dass eine Bandaufnahme gefertigt wird."

Fragend schaute er zu Lena. Die nickte andeutungsweise. Abels Gesicht verfinsterte sich, wegen der förmlichen Gangart des Staatsanwalts. Sah Billmair denn nicht, wie Lena zugerichtet war? Konnte er sich nicht einfühlen, wie es ihr zumute war, illegal in einem Land zu leben und dann den Behörden ausgeliefert zu sein? Abel schwieg trotzdem, weil er wusste, dass es sinnlos war, in so einem frühen Stadium den kleinlichen Staatsanwalt in ein Wortgefecht zu verwickeln. Theoretisch standen sie ja auf ein und derselben Seite.

Billmair fuhr fort: „Ich belehre Sie, dass Sie die Aussage verweigern können, wenn Sie sich damit strafbar machen könnten. Haben Sie das verstanden?"

Wieder nickte Lena.

Billmair reagierte ungehalten. „Wir drehen hier zwar ein Video, aber machen Sie den Mund auf! Alle Aussagen müssen klar sein, verstehen Sie?"

Sowohl Abel als auch Annabelle reagierten befremdet auf den ruppigen Ton, der völlig unangemessen war. Abel warf Annabelle einen kurzen Blick zu und schüttelte den Kopf.

Lena musste sich vor Aufregung räuspern: „Ja, ich will aussagen."

Billmair starrte sie wieder an, dann hielt er den Camcorder an.

„Noch was: Wir hören hier den lieben langen Tag Märchen und Lügen, weil uns Frauen in Ihrer Situation, die wie Sie keinen Pass haben, geschweige denn eine Aufenthaltsgenehmigung, Storys erzählen, damit sie eine neue Chance hier in Deutschland im Zeugenschutzprogramm bekommen. Ich warne Sie."

Nun ging Abel dazwischen: „Herr Billmair, bitte! Hören Sie Frau Ulmanis doch erst mal an."

Annabelle nickte energisch. Doch Billmair blieb bei der harten Linie: „Wenn ich ein Problem habe, dann frage ich Sie."

„Es geht um Fakten, ... und um die Atmosphäre dieses Gesprächs."

Wenigstens hörte Billmair auf, Lena mit Blicken einzuschüchtern wie die Schlange ein Kaninchen, und funkelte Abel an. Sie maßen sich mit Blicken.

Abel schoss zurück: „Kann ich Sie unter vier Augen sprechen?"

Widerwillig stand Billmair auf und führte ihn in die angrenzende Kaffeeküche.

Kaum war die Türe geschlossen, fuhr Abel ihn an: „Herr Billmair, ich muss schon sehr bitten. So können Sie mit meiner Mandantin nicht umspringen. Sie kommt hierher, um aus freien Stücken eine Aussage zu machen, und begibt sich damit in Lebensgefahr. Ich möchte, dass Sie sie wie eine Zeugin und nicht wie eine Angeklagte behandeln."

Billmair musterte angelegentlich die alte fleckige Kaffeemaschine.

„Herr Abel, Sie wissen doch genauso gut wie ich, wie viele hier ankommen und mir irgendwelche erfundenen Geschichtchen erzählen, nur um auf Kosten der Steuerzahler mit neuer Wohnung, Arbeitsplatz und neuer Identität ausgestattet zu werden, bis sich dann rausstellt, dass wir noch nicht mal gegen ihren schmierigen Zuhälter geschweige denn gegen einen der Bosse vorgehen können, weil alles zusammenphantasiert wurde."

„Wir haben einen tragischen Todesfall!"

Billmair lachte auf: „Unsere gemeinsame Zeugin Natascha Kruwkova hat doch ihren Zuhälter trotz unserer insistierenden Fragen nicht belastet. Das war ein Flop, Herr Rechtsanwalt! – Wissen wir, warum sie sich wirklich die Pulsadern aufgeschnitten hat? Das kann doch tausend Gründe haben. Es gibt keinen Abschiedsbrief. Das sind Fakten."

Abel erwiderte wütend: „Sie haben doch gesehen, die Zeugin Ulmanis wurde zusammengeschlagen und bestialisch vergewaltigt, wie die Rechtsmedizin festgestellt hat, da kann man doch nicht so ..."

Billmair unterbrach ihn barsch: „Jesses, mir kommen die Tränen. Sechs von zehn dieser Mädels kommen freiwillig nach Deutschland um anzuschaffen, weil sie für die Verhältnisse im Osten hier das große Geld machen können. – Und die vierzig Prozent, die für uns von der SoKo von großem Interesse sind, die kann man mit der Lupe suchen. Der Rest lügt."

Abel erwiderte stur: „Ich bitte Sie förmlich, nicht zu unterstellen, dass meine Mandantin Sie anlügen will, so lange Sie dafür keine Anhaltspunkte haben."

Billmair lachte höhnisch auf und wandte sich ab. „Ich will nichts gegen Ihre Frau Mandantin sagen, ... aber wir sind uns doch einig: Nutten sind menschlicher Müll am Straßenrand."

Abel musterte ihn, dann sagte er ruhig: „Aber nützlich für Ihre Beförderung, wenn sie Aussagen machen, die dem Oberstaatsanwalt Billmair zu weiteren Erfolgen verhelfen."

Billmair schien das, was Abel sagte, nicht im Geringsten zu stören. Er öffnete den Hängeschrank über seinem Kopf, nahm sich ein ehemaliges Senfglas mit Mickey Maus-Dekor, füllte es mit Wasser und trank es mit einem Schluck aus. Dann sah er Abel das erste Mal in die Augen.

„Sie halten mich nur auf."

Damit drückte er die Klinke herunter, um in den Besprechungsraum zu entschwinden, aber Abel hielt ihn am Arm fest.

„Der Ton macht die Musik, Herr Billmair. – Es ist verdammt schwer für so ein Mädchen. Lassen Sie doch Frau Bartosch das Verhör führen."

Billmair lenkte ein, aber ohne Vorwurf konnte er die Sache nicht auf sich beruhen lassen: „Von mir aus. – Ich sag immer, wenn die Advokaten auftauchen, gibt's Schwierigkeiten."

Dann ging er in den Besprechungsraum.

Abel folgte und sagte: „Auf weitere gute Zusammenarbeit."

Bei Tag sah der Straßenstrich mit der Ansammlung von Wohnwagen und Campern noch trister und heruntergekommener aus. Denn dann verhüllte die Dunkelheit nicht mehr gnädig die schrottreifen Wohnwagen, überall sah man den Staub, der sich nach einem Regenguss in zähen Matsch verwandelt hatte und an Schuhen und Reifen festklebte. Die blinkenden Herzen kamen nicht mehr gegen die fahle Sonne an, die schon wieder die Feuchtigkeit aus der Erde sog, um weitere Wolken zu schwängern und die Hitze noch unerträglicher zu machen.

Trotz des Wetters hatte sich Renate dazu aufgerafft, joggen zu gehen. Sie lief aus dem Industriegebiet hinaus auf die Felder und an der A 9 entlang. Aber die hohen Ozonwerte forderten bald ihren Tribut. Völlig ausgelaugt und verschwitzt kehrte sie schon 20 Minuten später zurück und wollte schnell noch vor Arbeitsbeginn duschen, als plötzlich ein Auto neben ihr hielt und sich Laiwand, in feinem Zwirn aus dem klimatisierten Wagen schälte. Prohaska zog den Schlüssel ab, stieg ebenfalls aus, stützte sich mit den Ellbogen auf das heiße Wagendach und grinste das Mädchen an. Auch Laiwand musterte spöttisch ihren verschwitzten Trainingsanzug: „Fesch, laufst wegen die Figur?"

Renate, die sich sowieso schon vorkam wie ein Insekt, kurz bevor es von einem fanatischen Entomologen zu seiner Sammlung gespießt wird, erwiderte böse: „Nein, damit ich den Dreck hier aushalten kann."

Prohaska fuhr ihr barsch ins Wort: „Hör auf mit der Jammerei."

Renate tat, als höre sie den Satz nicht und steuerte erhobenen Kopfes auf ihren Wohnwagen zu. Die Jungs wollten ja was von ihr und nicht umgekehrt.

Laiwand wollte zur Sache kommen: „Schluss jetzt mit den Sentimentalitäten."

„Erst will ich das Geld sehen."

Prohaska wedelte mit den Scheinen. Renate warf einen kurzen begierigen Seitenblick auf das Geld, dann nahm sie das Handtuch, das sie um die Schultern hängen hatte und wischte sich über ihr Gesicht. Sie ging zurück zu dem Wagen.

„Ja. Die Natascha haben sie tagelang in der alten Fabrik in Pasing verhört. In einem angeblichen Immobilienbüro in der letzten Etage. Und ich kann mir vorstellen, dass sie auch die Lena dort durch die Mangel drehen."

„Immobilienbüro?"

„Soll so eine Art Tarnung für die Bullerei sein."

„Was für Bullerei?"

„Nicht die Sitte, die Typen vom Organisierten Verbrechen, die euch allen am liebsten den Arsch aufreißen würden."

Prohaska fragte dazwischen: „Woher weißt du das?"

„Als es Natascha so dreckig gegangen ist, hat sie heimlich mit einer von den Mädels telefoniert."

Prohaska hakte sofort nach: „Mit wem?"

Renate gab Geschäftskontakte nicht preis. Mit einer fordernden Geste streckte sie die Hand nach dem Geld aus. Laiwand wies Prohaska an: „Jaro, gib ihr Fünfhundert."

Dann wandte er sich Renate zu. „Den Rest kriegst bei Erfolg."

Renate schnappte sich ihren Anteil und steckte ihn in die Bauchtasche ihres Sweatshirts.

„Ich komm drauf zurück. Und wenn ihr mich reinlegen wollt, müsst ihr früher aufstehen."

Laiwand grinste: „Da kriegen wir ja richtig Angst."

Renate zeigte Max den Finger. „Haut ab, ich will duschen."

Laiwand sagte: „Ja Maderl, das hast bitter nötig."

Beide stiegen wieder in den Wagen. Renate hörte Laiwand noch sagen, bevor die Autotür zuschlug: „Kann wirklich sein, dass Lena auch in der Scheißfabrik ist."

Renate schaute ihnen nach und versuchte, ihr schlechtes Gewissen zu unterdrücken. Aber Lena war keine Kollegin, und 500 Eier sind 500 Eier, sagte sie sich.

Inzwischen führte Annabelle das Verhör. Sie bemühte sich um einen sachlich-behutsamen Ton. Billmair hatte sich auf die Fensterbank zurückgezogen, wo er mit verschränkten Armen saß und aufmerksam der Vernehmung folgte. Abel hatte seinen Stuhl in den Hintergrund gerückt. Von Zeit zu Zeit meldete er sich, um eine Aussage klarzustellen oder nachzuhaken. Lena war gerade dabei zu erzählen, wie sie nach Deutschland gekommen war: „Mir und meiner Freundin Fila Balodis hat der Karlis einen Job in der Küche in einem Café in Rosenheim angeboten."

Annabelle fragte dazwischen: „Wie viel sollten Sie bekommen?"

„2000 Euro netto für sechs Wochen. Das ist bei uns ein Vermögen. Mein Bruder hat mir in den Ohren gelegen und meine Mutter auch. Fernseher, Waschmaschine und so weiter ..."

„Und Sie haben das geglaubt?"

„Bei uns glaubt jeder, dass im Westen das Geld auf der Straße liegt und man es nur aufheben muss, während die dummen Deutschen jammern."

„Haben Sie Karlis gekannt?"

„Ja. Er hat immer wieder Jobs vermittelt. Auch in Riga."

Abel wollte wissen: „Wie hat man Sie eingeschleust?"

„Karlis ist gekommen und hat uns abgeholt und in einem uralten Opel mitgenommen. Und es war noch eine Frau dabei. Sie heißt Katja. Die hat uns gesagt, dass sie schon länger in Deutschland arbeitet. Heute weiß ich, dass die beiden teure Autos, die gestohlen sind, von Deutschland zu uns bringen und dann neue Mädchen mit fast kaputten Autos nach Deutschland fahren. Die Autos werden ausgeschlachtet und die Mädchen an Zuhälter verkauft."

„Wie heisst Karlis mit Nachnamen?"

„Hilpert. Er heißt eigentlich Karl Hilpert und ist ein Deutscher. Jedenfalls hat er das an der Grenze zu einem Beamten gesagt."

Annabelle und Billmair warfen sich einen beziehungsreichen Blick zu. Das war ja schon mal ein gutes Zwischenergebnis. Annabelle fragte weiter: „Sie hatten doch kein Visum für die Bundesrepublik?"

Lena sah sie starr an: „An der polnischen Grenze ist die Katja ausgestiegen und ins Zollhäuschen gegangen. Später hat sie erzählt, sie hat dort zwei Zöllner befriedigt. Dann durften wir ohne Probleme weiterfahren. An der deutschen Grenze haben wir uns unter Taschen und Koffern verstecken müssen. Wir sind die ganze Nacht durchgefahren, bis wir in München angekommen sind."

Annabelle warf ein: „Man hat Ihnen doch von Rosenheim erzählt. Sind Sie nicht sofort skeptisch geworden?"

Wieder sah ihr Lena wie hypnotisiert in die Augen: „Fila hat gesagt, das ist doch egal, wo wir arbeiten. Doch dann hat sie genauso Augen gemacht wie ich, als wir in einen Saunaclub in der Innenstadt gekommen sind, und man uns sofort eingesperrt hat. Sie haben uns zuerst Geld angeboten, wenn wir anschaffen. Und dann gab's nichts mehr zu essen, weil wir uns geweigert haben. Die Fila hat nach einer Woche angefangen, ich nicht."

Billmair wollte wissen: „Aber Sie waren doch auf dem Strich?"

„Wer nicht spurt, wird geschlagen, meistens auch vergewaltigt. Das passiert ziemlich schnell, wenn man sich länger stur stellt. – Und ich wollte nicht. Nicht ums Verrecken."

Annabelle wollte, dass sie das präzisierte: „Wie oft sind Sie vergewaltigt worden?"

Lena drehte sich nicht um. Sie begutachtete wieder die Schreibtischunterlage, als sie antwortete: „Zehn Mal, fünfzehn Mal." Leise fügte sie hinzu: „Man versucht zu vergessen, wissen Sie?"

Annabelle fragte: „Von wem?"

„Immer der Jaro Prohaska. Und außerdem hat er gedroht, dass er mich umbringen lässt."

Sofort meldete sich Billmair zu Wort: „Zeugen dafür?"

Lena dachte kurz nach. „Nur der Max."

Annabelle wandte sich an Billmair, um seine Reaktion zu beobachten.

„Max wer?“ fragte Abel.

„Laiwand.“

Billmair schaute Lena an. „Also keine Zeugen.“ Dann murmelte er, während er sich von der Fensterbank erhob: „Immer dasselbe.“

Abel war fassungslos. Energisch stellte er klar: „Aber die Verletzungen, die Spuren, die die Rechtsmedizin gestern festgehalten hat, … das ist doch Beweis genug. Und Igor der Russe und seine Begleitung …“

„Die sagen mir noch nicht mal die Uhrzeit“, knurrte der Staatsanwalt.

Was war nur in diesen eiskalten Mann gefahren. Skepsis, Zaudern, Pessimismus, Passivität? Schon bei Nataschas Vernehmung im Gericht war Billmair nur ein Schatten seiner selbst gewesen.

Als Billmair ohne Gruß das Zimmer verlassen wollte, rief Abel ihm hinterher:

„Ich komme nachher und hole mir Lenas Ticket für das Zeugenschutzprogramm.“ Billmair blieb an der Tür stehen. Dann drehte er sich um und starrte Abel an. Sein Blick flackerte eigentümlich. Abel konnte das nicht richtig einordnen, jedenfalls verhieß das nichts Gutes. Ohne ein weiteres Wort verließ er den Besprechungsraum.

Lena stand am Kaffeeautomaten und wärmte sich an einem dampfenden Plastikbecher die Hände. Sie war leichenblass, so dass sich ihre Verletzungen noch krasser von der fahlen Haut abhoben. Inzwischen konnte sie ihr geschwollenes Auge zwar wieder öffnen, aber das Blut hatte sich in einem Ring unter der Haut der Augen gesammelt.

Abel und Annabelle standen etwas abseits und beobachteten Lena.

Abel bemerkte: „Billmair ist schon ein Arschloch.“

Wütend schnaubte Annabelle: „So habe ich ihn noch nie erlebt. Der wird nervös, weil die Stelle von seinem Boss bald ausgeschrieben wird und er immer noch nicht den großen Fang gemacht hat."

„Dann müsste er doch nach jedem Strohhalm greifen. Und die Verletzungen bei Lena … so drastisch war noch kein Fall. Und diesen Prohaska will ich samt seinem Kumpel Laiwand erst mal vor Gericht haben. Dann sehen wir weiter. Ganz so naiv sind die Richter nicht. Billmair muss das doch wissen!"

Annabelle nickte nachdenklich: „Ich weiß auch nicht, was dahinter steckt ... und seit der Name Laiwand fiel ..."

Abel registrierte das aufmerksam. „Was meinst du?"

„Billmair hat auf den Namen so reagiert, als würde er den Mann kennen."

„Ist Laiwand neu in der Szene hier?", fragte Abel.

„Anscheinend."

Abel zuckte mit den Schultern. „Die Beamten und die Karriere! – Glücklicherweise gibt's keine Oberrechtsanwälte." Er grinste. „Ich weiß nicht, ob ich dann nicht plötzlich auch so unberechenbar wäre wie Billmair."

Annabelle musste lachen, dann wurde sie wieder ernst.

„Bis heute Abend kann Lena bei uns hier bleiben. – Ich schau mal bei Laiwand und Prohaska vorbei."

Annabelle saß in ihrem Dienstfahrzeug. Neben ihr Fritz, ihr alter Kollege von der Kripo. Sie hatte ihn gebeten sie zu begleiten, um Prohaska und Laiwand zu verhören. Fritz, der aufgrund seiner Leibesfülle und seiner immer leicht bajuwarisch anmutenden Kleidung wie ein harmloser freundlicher Wiesnbesucher wirkte, konnte im richtigen Moment knallhart sein. Annabelle schätzte das.

Seit zwei Stunden waren sie jetzt schon unterwegs, hatten

die einschlägigen Clubs in der Innenstadt abgeklappert und waren mehrere Male den Straßenstrich entlanggefahren. Annabelle war frustriert. Fritz verspeiste eine Leberkässemmel mit Unmengen süßem Senf und trank Cola light.

„Nichts, langsam reicht's mir."

„Soll ich nicht doch mal rumfragen?" Fritz wischte sich unternehmungslustig die Finger an einer dünnen Papierserviette ab.

„Spar dir das, die lügen alle, wenn sie nur den Mund aufmachen. – Wir checken halt noch mal den Strich nach Prohaska und Laiwand."

Damit gab sie Gas. Fritz öffnete den mittleren Knopf an seinem Leinenjackett mit Trachtenaufschlägen.

Jane war dabei, im Hof die Blumen zu gießen und ihr ewiges Geplänkel mit Abels Nachbarin fortzuführen, die meinte, Schmitz wäre viel zu dünn für sein Alter, und ihm deshalb immer ein extra Stück Fleischwurst vom Metzger mitbrachte, als Abel den Kopf aus der Kanzleitür streckte und nach Jane rief. Er erzählte ihr von dem merkwürdigen Verhör in der Fabrik.

Weil Jane die Gerichtspost holen musste, begleitete sie Abel. Der wollte Billmair nach einer Verhandlung abpassen. Sie warteten gemeinsam auf dem Gerichtsflur, bis der Staatsanwalt mit der Robe über dem Arm, erschien.

„Ah, der Herr Anwalt und seine reizende Assistentin. Was gibt's denn noch?"

„Wie haben Sie entschieden?", fragte Abel.

Billmair schichtete seine Akten von einer in die andere Hand um. „Die Gefährdungspunkte scheinen mir nicht ausreichend, um Frau Ulmanis in das Zeugenschutzprogramm aufzunehmen."

„Gefährdungspunkte …“ Abel wiederholte fassungslos diese staatsanwaltliche Verharmlosung.

Jane fiel aus allen Wolken. „Wie bitte? Haben Sie sich das Mädchen mal angeschaut? Haben Sie nicht gesehen, wie sie zugerichtet war? Die soll nicht gefährdet sein, wenn sie eine belastende Aussage macht? Das gibt's doch nicht!“

Billmair, dem Janes Ausbruch auf dem Flur sichtlich unangenehm war, sagte kurz angebunden:

„Sorry, die Entscheidung ist gefallen. Herr Abel, Sie können sich ja beschweren.“

Dann eilte er zum Ausgang, während die Robe auf seinem Arm müde hinter ihm herwehte. Abel folgte ihm. So leicht kam er ihm nicht davon. Drängend sprach er auf Billlmair ein:

„Aus der heute Morgen protokollierten Aussage ergibt sich: Zuhälterei, Menschenhandel, gefährliche Körperverletzung, schwere Freiheitsberaubung, sexuelle Nötigung, Vergewaltigung … die ganzen typischen Delikte der Puffmafia. – Frau Ulmanis muss ins Zeugenschutzprogramm. Und zwar sofort. Sie ist hochgradig gefährdet.“

Billmair trat aus dem Justizpalast. Abel und Jane folgten ihm. Der Staatsanwalt ging zu seinem Dienstwagen, der auf dem Behördenparkplatz geparkt war. Während er aufschloss, sagte er kalt:

„Zeugenschutzprogramm ist ein Geschäft, da muss jede Seite sehen, wo sie bleibt. Was glauben Sie, was das den Staat kostet?“

Abel fuhr ihn wütend an: „Begreifen Sie denn nicht, Herr Billmair, es hat gerade einen Selbstmord gegeben.“

Der Staatsanwalt fixierte Abel mit einem langen Blick.

„Ja? Und? Das war die hysterische Version. Die gibt's auch.“

Dann warf er die Akten und die Robe auf den Rücksitz.

Jane, die sich bislang im Hintergrund gehalten hatte, konnte nicht mehr an sich halten.

„Das ist ja widerwärtig."

Billmair lachte auf. „Das ist die widerwärtige Realität, gnädige Frau! Romantische Vorstellungen habe ich seit Irma la Douce nicht mehr mit Nutten verbunden."

Er wandte sich Abel zu. „Was hat sie denn schon groß ausgesagt, die Frau Mandantin Ulmanis?"

„Für einen Haftbefehl gegen die zwei Verbrecher wird's wohl reichen."

„Momentan sehe ich da nur Beschuldigungen. Man muss beide Seiten hören. Dann steht Aussage gegen Aussage."

Abel war verwundert. „Woher wollen Sie das denn wissen?"

Und Jane konterte: „Was soll sie denn sonst machen, außer die Wahrheit sagen?"

„Wenn wir beispielsweise zwei oder drei Zeuginnen hätten, die übereinstimmend aussagen. Dann wäre das etwas anderes."

Jane fragte mit einem traurigen Unterton: „Warum sind Sie so hart und verächtlich, Herr Staatsanwalt?"

Das beeindruckte Billmair wenig: „Ich bin kein Zyniker, wenn Sie das meinen, ich bin Realist. Und wenn ich meine Position hart vertrete, dann denken Sie bitte an das alte Sprichwort: Wie es in den Wald hinein schallt, so kommt es heraus. – Wissen Sie, dass wir sogar DVD-Player auf Staatskosten anschaffen, damit die Damen bei Laune bleiben? Und wenn dann der Tag der Aussage kommt, dann klafft an den entscheidenden Stellen im Gedächtnis eine Lücke. – Wie war das denn bei unserer Natascha? Haben wir nicht mit allen Mitteln für eine anonyme Aussage gekämpft? Haben wir vor Gericht nicht versucht sie weich zu kochen. – Und trotzdem hat sie in der entscheidenden

Sekunde ‚nein' gesagt. Und das war jetzt genau der sechste Fall hintereinander, wenn ich richtig gezählt habe."

„Aber zwei Verurteilungen haben wir bekommen", ergänzte Abel.

Überraschend erregt fügte Billmair hinzu: „Wovon eine schon wieder beim BGH aufgehoben wurde. Nein, Herr Abel, es stinkt mir ganz einfach, vor Gericht Niederlagen in Folge einzustecken. Für den Zeugenschutz muss schon mehr auf den Tisch als die Story, die wir von Ihrer Mandantin gehört haben, ohne Garantie, dass sie so auch vor Gericht den Fragen einer engagierten Verteidigung standhält."

Damit stieg der Staatsanwalt in seinen Dienstwagen und fuhr davon.

Abel und Jane warfen sich einen Blick zu. Energisch strich sich Jane die Haare aus dem Gesicht. Auf ihren Wangen glühten rote Flecke der Empörung.

„Dieser Mann hat doch einen Schlag, wenn es um die Frauen geht."

Abel nickte bestätigend. „Unter vier Augen hat er gesagt: Menschlicher Müll am Straßenrand."

Dazu fiel selbst Jane nichts mehr ein, und sie machten sich schweigend zu Abels Wagen auf, der außerhalb des Gerichtsgeländes geparkt war. Seufzend warf er den Strafzettel, der unter die Scheibenwischer geklemmt war, auf das Trottoir.

Annabelle und Fritz waren noch einmal zurückgefahren, um die Straßen nach Laiwand oder Prohaska zu kontrollieren. Annabelle stand langsam unter Erfolgsdruck. Ohne Ergebnisse konnte sie bald nicht mehr länger von ihrer Arbeit im Präsidium wegbleiben. Da sah sie Laiwand in der Nähe eines Wohnwagens mit zwei Männern verhandeln.

Er war wie immer tadellos gekleidet. Mit leichtem Sommeranzug, Hut und Krawatte. Annabelle zeigte auf Laiwand.

„Dort."

Fritz hatte ihn schon im Visier.

„Okay."

Annabelle stieß zurück. Laiwand bemerkte das Fahrzeug, das erst an ihm vorbeigefahren war, und blickte unsicher herüber. Er warf seine halb gerauchte Zigarette auf den Boden. Die beiden anderen Männer spürten seine Unruhe und verzogen sich zwischen den Wohnwagen. Annabelle ahnte, dass Laiwand auch verschwinden wollte.

„Greif ihn dir."

Fritz stemmte sich aus dem Wagen und setzte sein Dienstlächeln auf, das im Allgemeinen als nicht sehr freundlich empfunden wurde.

Auch Annabelle stieg aus. Langsam gingen die beiden Polizisten auf Laiwand zu. Laiwand fing an zu rennen. Im Slalom kurvte er um die Wohnwagen und erreichte einen Zaun, durch den er sich mit Mühe und Not zwängte. Fritz rutschte auf dem morastigen Boden aus. Die Zaunlücke schien zu schmal für ihn. „Halt, stehen bleiben, Polizei!" dröhnte er. Laiwand scherte sich nicht darum.

Annabelle überschaute die Situation. Sie spurtete zurück zum Wagen, setzte sich ans Steuer und gab Gas. Fritz zerrte am Zaun und schaffte es, sich durchzuzwängen. Trotz seiner Körperfülle war er gewandt und schnell. Durchtrainiertes Fett. Laiwand war den Blicken hinter einer Hausecke entschwunden. Annabelle wendete schleudernd. Ein Freier, der weiter vorne mit zwei Mädchen am Straßenrand diskutiert hatte, gab Gas und machte sich schleunigst davon. Die Huren zeigten Annabelle ärgerlich den Finger und keiften hinter ihr her. Annabelle raste um die Ecke. Sie sah, dass Laiwand in seinen in der Seitenstraße geparkten BMW stieg und starten wollte. Sie brachte ihr Fahrzeug direkt vor der Stoßstange von Laiwands Fahrzeug zum Stehen und keilte ihn damit ein. Sofort war sie aus dem Wagen, riss die Fahrertür auf und hielt Laiwand ihre Dienstwaffe mit beiden Händen unter die Nase.

„Kripo München. Personenkontrolle. Hände aufs Lenkrad und dann ganz langsam aussteigen."

In dem Moment kam Fritz angelaufen und riss die Beifahrertür auf. Laiwand blickte in den Lauf einer zweiten Pistole. Er legte folgsam die Hände aufs Lenkrad.

„Ja, jetzt aber, meine Damen und Herren, wann i bitteschön mal die Dienstausweise sehen könnte."

Laiwand hatte das Vergnügen der Ausweiseinsicht nur einige Sekunden. Fritz stieß ihn aus dem Auto, und Annabelle presste den schwer atmenden Laiwand auf die Motorhaube und schob ihm die Beine auseinander.

„So und jetzt sind Sie dran, in welcher Tasche haben Sie ihren Ausweis?"

Laiwand keuchte: „Links innen im Jackett."

Fritz tastete ihn ab. Er reichte Annabelle die Brieftasche. Annabelle begutachtete den Ausweis und gab ihn Fritz zurück. Mit geübtem Griff und ohne Sensibilität für die gepflegte Haut an Laiwands Gelenken legte sie ihm Handschellen an.

„Max Laiwand, wie schön. Wo ist Jaroslav Prohaska?"

Laiwand zuckte mit den Achseln und grinste Annabelle an. „Bedaure, Gnädigste."

Fritz verstaute ihn rüde im Dienstwagen auf der Rückbank und klemmte sich daneben. Annabelle schaltete die Kindersicherung ein und fuhr weg. Die Mädchen an der Straße schauten dem Wagen tuschelnd nach.

Lena saß allein in dem Besprechungsraum und hörte Walkman. Langsam hatte sie sich beruhigt. Vielleicht würde es ja klappen mit dem Zeugenschutzprogramm. Dann hätte sie eine Chance, aus Laiwands und Prohaskas Fängen zu entkommen. Vorsichtig betastete sie ihr Gesicht. Die Schwellung ging weiter zurück, aber wenn sie nur den geringsten Druck auf ihr Kinn ausübte, durchfuhr sie ein stechender Schmerz. Wenigstens hatte das Hämmern in ihrem Kopf nachgelassen. Vor ihr auf dem Tisch lag eine alte lettische Zeitschrift, die ihr Annabelle gegeben hatte. Lena schlug sie auf und begann zu lesen. Sie blätterte weiter und stieß auf eine bunt illustrierte Kurzgeschichte, die an der sommerlichen Ostsee spielte und von Kindern handelte, die ihrem Großvater ein altes Fischerboot reparierten. Lena musste mit den Tränen kämpfen und schloss die Zeitschrift wieder.

Im selben Moment kam Prohaska mit seinem Chopper vor der Fabrik an. Er stellte ihn auf den Parkplatz und näherte sich vorsichtig dem Gebäude. Immer auf der Hut vor allem, was nach Polizei aussah, begann er sich umzuhören.

Er erkannte einen Stammfreier eines seiner Mädchen, der hier ein Tattoostudio unterhielt, und begann mit ihm zu plauschen. Aber der Mann hatte keine Ahnung von einem Polizeibüro im Haus. Er wollte Prohaska ein Tattoo andrehen, doch Jaro lehnte ab.

„Ich laufe zwar rum wie ein Zuhälter, aber ein Tattoo ist too much", sagte er und ging.

Er streifte durch das Haus, fand aber keinen Anhaltspunkt, wo er nach Lena suchen könnte. Dann verschwand er und suchte sich einen Posten, von dem er unauffällig den Eingang der Fabrik beobachten konnte.

Annabelle hatte Laiwand ins Polizeipräsidium in der Ettstraße gebracht und vorübergehend in den Zellen im Souterrain weggeschlossen. Während sie die Formalitäten erledigte, kam Billmair, der eigentlich bei den Dezernatsleitern zur Koordinationsbesprechung war. Es wunderte Annabelle nicht nur, dass er eine wichtige Konferenz unterbrochen hatte, obwohl er an dem Fall bislang kein so großes Interesse gezeigt hatte. Sie fragte sich auch, wer im Präsidium den Staatsanwalt so schnell von der Einlieferung unterrichtet hatte.

Annabelle erklärte Billmair, dass der Beschuldigte zunächst einen Fluchtversuch unternommen, aber dann bei der Festnahme keinerlei Widerstand geleistet habe. Die Kommissarin wollte gleich mit der Vernehmung beginnen.

Als Laiwand von Fritz in das Vernehmungszimmer geführt wurde und sich gegenüber von ihr und Billmair niederließ, beobachtet Annabelle genau die Reaktion der beiden Männer, konnte aber nichts Außergewöhnliches feststellen. Billmair orderte Kaffee, dann belehrte er Laiwand über sein Recht, einen Anwalt zu beauftragen, und schaltete die kleine Videokamera ein, die das Verhör aufzeichnen sollte. Laiwand lehnte sich selbstsicher in seinem Stuhl zurück.

„Anwalt? Braach i net. I hab nix zum Verbergen."

Annabelle fragte: „Warum sind Sie dann abgehauen?"

„I mog kaa Polizei. Des hab i von mein Vater."

„Hat der auch so eine Latte Vorstrafen?"

Laiwand kicherte. „Naa, der war Polizeimajor im 7. Bezirk in Wien. Unausgelebter Vater-Sohn-Konflikt is das bei mir, sagt mein Arzt, und der is Freudianer."

Mit Spott in den Augen sah er Annabelle an. Doch die Kommissarin hatte schon genug Männer auf diesem Stuhl gesehen, die auf dem hohen Ross zu sitzen glaubten.

Billmair warf kühl dazwischen: „Kennen Sie eine gewisse Lena Ulmanis?"

Laiwand antwortete fast erfreut: „Die Lena? Eh klar. – Ach daher weht der Wind?"

Annabelle legte nach: „Wieso Wind?"

„Ich nehme an, sie hat die Polizei aufgesucht und Schauermärchen verbreitet."

Annabelle beabsichtigte nicht, die Fragen eines Beschuldigten zu beantworten. Sie wechselte das Thema. „Sie vermieten Wohnwagen an Prostituierte?"

Langsam öffnete Laiwand ein Zuckerpäckchen, schüttete den Zucker in seinen Kaffee, rührte sorgfältig um und trank einen Schluck. Dann lehnte er sich vor.

„Das ist zutreffend, gnädige Frau. Aber um Vorurteilen vorzubeugen: Wissen's, was meine Kunden mit die Wagen machen, des is mir egal. Der aane fahrt nach Rimini, der andere stellt sei Wagerl in sein Schrebergorten."

Laiwand grinste breit.

Billmair ließ sich auf nichts ein. Er fuhr Laiwand unvermittelt an: „Klartext, Herr Laiwand: Sie sollen das Mädchen gekauft, auf den Strich geschickt und bedroht haben, und Ihr Partner Jaroslav Prohaska soll Frau Ulmanis geschlagen und vergewaltigt haben."

Jetzt tat Laiwand, als falle er aus allen Wolken. Treuherzig schaute er zu Billmair auf. „Lügen, nichts als Lügen. Naa, Herr Staatsanwalt, der Herr Prohaska und i, wir vermieten Wohnwagerl. Naa ... dass diese Person so was behauptet."

Die Ermittler warfen sich einen Blick zu. Patzig schnauzte Billmair Laiwand an: „Sparen Sie sich ihre Sprüche, Herr Laiwand – bei Ihnen ist noch eine Bewährung wegen Nötigung und Zuhälterei offen."

„Grad deswegen halt i mi so korrekt, Herr Staatsanwalt." Laiwand hob beschwörend die Hände.

Annabelle griff nach der Kanne, um sich noch einen Kaffee einzuschenken. Es reichte nur noch für eine halbe Tasse. Sie schüttelte die Kanne und blickte erst Laiwand, dann Billmair an. „Noch Kaffee?"

Laiwand schaute in seine Tasse. Grinsend wandte er sich ihr zu. „Bittschön, Gnädigste."

„Für mich auch, gerne."

Annabelle nahm die Kanne und verließ das Büro, um frischen nachzufüllen. In Wirklichkeit brauchte sie eine Pause, damit sie sich nicht übergeben musste. Sie trat ans Fenster und atmete durch.

Kaum war die Tür hinter Annabelle ins Schloss gefallen, schaltete Billmair hastig die Videokamera aus. Laiwand fuhr den Staatsanwalt an. „Sind Sie wahnsinnig geworden?" Schlagartig hatte er seinen Wiener-Schmäh-Ton abgelegt.

„Leise, Sie Idiot! Diese Lena ist hier gewesen und hat ausgepackt, richtig ordentlich ausgepackt."

Gedämpft zischelte Laiwand zurück. „Ja und? Ein Mann wie Sie muss das doch im Griff haben."

Bevor Billmair antworten konnte, trat Annabelle mit der Kaffeekanne wieder ins Zimmer. Sie spürte, dass zwischen den beiden in ihrer Abwesenheit etwas vorgefallen war. Aber Billmair schaute gelangweilt nach dem laufenden Camcorder und Laiwand studierte seine Schuhspitzen und tat unbeteiligt. Billmair trat von der Kamera zurück und schob Annabelle seine Kaffeetasse hin.

Laiwand fragte: „Ich hab's mir anders überlegt mit dem Kaffee. Kann i gehen?"

Billmair schüttelte den Kopf und sagte in scharfem Ton. „Reden Sie keinen Schmäh. Die Kollegin macht jetzt ein Protokoll, in dem Sie erklären, dass Sie einen Wohnwagen an Frau Ulmanis vermietet und gewusst haben, dass sie dort der Prostitution nachgegangen ist."

„Aber auf eigene Kasse."

„Das prüfen wir noch. – Halten Sie sich zu unserer Verfügung. Das war noch nicht alles."

Resigniert stellte Annabelle die Kanne auf den Tisch.

Billmair schaltete den Camcorder aus, nahm den Kaffee und ging grußlos. Annabelle folgte ihm, nicht ohne vorher die kleine Kamera eingeschlossen zu haben.

Auf dem Flur fauchte Annabelle Billmair wütend an. „Sie lassen ihn laufen?"

„Ja."

Annabelle war sauer. „Sie hätten doch wenigstens den Ermittlungsrichter entscheiden lassen können."

Billmair antwortete zunächst nicht. Er fixierte die Kommissarin. Dann sagte er ganz leise und drohend: „Ich verbiete Ihnen diesen Ton. Und was haben wir gewonnen, wenn der Ermittlungsrichter ihn mangels Beweisen frei lässt, wovon ich derzeit ausgehe? Doch nur, dass sich dieses Wiener Arschloch da drinnen noch cooler fühlt."

„Ich nehme mal an, das Wieder Arschloch hätte genau gespürt, dass Sie nicht so leicht aufgeben. Sonst gelten Sie ja als durchsetzungsfreudiger." Annabelle war laut geworden.

Der Staatsanwalt fixierte die Polizistin, antwortete aber nicht.

Annabelle schaute nicht weg. Sie wusste, dass sie über das Ziel hinausgeschossen war. Egal! Sie hatte es satt, gegen Windmühlen zu kämpfen. Es war fast jedes Mal dasselbe. Immer wenn sie dachte, sie hätte so ein Schwein erwischt, standen irgendwelche Beweisfragen im Wege, die verhinderten, dass die Typen letztendlich hinter Gitter gebracht wurden. Sie schloss die Augen und konzentrierte sich, um die fällige Entschuldigung herauszubringen. „Verzeihung wegen des Tons. – Aber in der Sache müssen Sie sich schon meine Kritik gefallen lassen."

Billmair nickte knapp. „Prohaska ist nach der Aussage von Frau Ulmanis der eigentliche Schläger und Vergewaltiger. Den haben wir noch nicht, was hilft mir da Laiwand?"

„Beihilfe!"

Billmair reagierte mit einem müden Lächeln. Engagiert warf Annabelle ein: „Nach Lenas Aussage liegt auch bei Laiwand Förderung der Prostitution und Menschenhandel vor. Nach den gängigen Tarifen kriegt er dafür fünf bis sieben Jahre! Warum beantragen Sie keine Telefonüberwachung?"

Billmair erwiderte kühl: „Die TÜ läuft seit 13 Uhr. Bislang reden die Herren nur übers Wetter. Wir haben in der Dezernatsleiterbesprechung darüber gesprochen, ob das Codes sein können. Aber die Meinungen gehen auseinander. – Und außerdem: Jetzt hat die Ulmanis noch wenigstens die Chance, sich auf eigene Faust zu verstecken, damit sie Prohaska nicht findet. Beim Ermittlungsrichtertermin braucht er sie nur vor der Tür abzupassen. – Wir können sie aber auch in Abschiebehaft nehmen."

„Dann wird sie im Knast von den anderen Frauen gequält. Der Arm der Zuhälter reicht verdammt weit."

Billmair lächelte kühl. „Ach, sehen Sie! Wie heißt unser Dezernat? Organisierte Kriminalität, wenn ich nicht irre!"

Das reichte, um Annabelle von neuem auf die Palme zu bringen.

Sie brüllte: „Dann nehmen wir sie doch endlich ins Zeugenschutzprogramm!"

Wieder starrte sie Billmair distanziert an.

Kalt sagte er: „Ich habe Ihnen gesagt, nicht dieser Ton. Guten Abend."

Damit ließ er Annabelle stehen.

Annabelle rief hinter dem Staatsanwalt her: „Und wer übernimmt die Verantwortung, wenn was passiert?"

Keine Reaktion.

Annabelle ging zurück, um das Protokoll mit Laiwand zu machen.

Der räumte frank und frei die Vermietung von Wohnwagen ein, bestritt aber jede Kenntnis darüber, dass Prostituierte in den Wagen ihrem Beruf nachgingen. Und dass er sich in der Nähe herumgetrieben hatte, bezeichnete er als Zufall. Die zwei Herren, mit denen er gesprochen hatte?

„Passanten, die nach dem Weg gefragt haben. Keine Ahnung, wer das war."

Laiwand unterschrieb das nichtssagende Protokoll mit einer Art Kinderschrift. Annabelle händigte ihm seinen Ausweis wieder aus. Er verabschiedete sich.

Kaum war Laiwand draußen, holte Annabelle den Camcorder und ließ ihn an die Stelle zurücklaufen, wo sie das Zimmer verlassen hatte. Exakt dort war das Band angehalten worden. Erst als sie Billmairs Tasse gefüllt hatte, ging die Aufzeichnung weiter. Sie sah sich die Stelle mehrfach an, konnte aber nichts Besonderes entdecken. Es war nicht unüblich, die Kamera zu stoppen, wenn die Vernehmung unterbrochen wurde, aber eigentlich nur bei längeren Pausen.

Annabelle hatte Abel wenig später davon informiert, dass Laiwand auf freiem Fuß war und Lena nicht mehr länger im Büro bleiben könne. Er war sofort zu der Fabrik gefahren, um Lena abzuholen. Auf der Hinfahrt hatte er mit einem Mandanten telefoniert, der darauf drängte, dass seine Scheidung trotz der Gerichtsferien zur Verhandlung kam, weil er seine Geliebte geschwängert hatte und schnell wieder heiraten wollte, weshalb der Anwalt der Gegenseite auf Betreiben der Noch-Ehefrau die Terminierung mit allen Mitteln hinauszögerte. Als Abel seinem Mandanten erklärte, dass er auf die Terminplanung der Richterin keinen weiteren Einfluss habe, außer dass er jeden zweiten Tag anrief, hatte der Mandant wutschnaubend aufgelegt.

Routine.

Abel blickte sich vorsichtig um, bevor er die Fabrik betrat. Er sah nichts Verdächtiges und ging hinauf in das getarnte Polizeibüro.

Prohaska war auf der Toilette gewesen und sah mehr oder weniger zufällig Abel auf den Parkplatz fahren.

„Glück muss der Mensch haben", sagte Prohaska. Vorsichtig folgte er dem Anwalt in das Gebäude. Er horchte im Treppenhaus und vernahm wie Abel oben klingelte und eintrat. Prohaska zog sich zurück. Er vermied es, in Sichtweite der Tür des Immobilienbüros zu kommen. Er traute den Bullen zu, dass sie den Eingangsbereich per Videoüberwachung im Blick hielten.

Abel wartete, bis er mit Lena auf der Straße war, bevor er ihr sagte, dass sie vorerst nicht in das Zeugenschutzprogramm aufgenommen werden würde. Sie sah ihn nur lange an. Abel konnte erkennen, wie alle Hoffnung in ihr zusammenbrach. Sie wurde kreidebleich. Stützend griff er nach ihrem Arm.

„Kommen Sie, Lena. Ich bringe Sie zu mir nach Hause. Da sind Sie erst mal sicher. Und dann müssen Sie was essen, sonst klappen Sie noch zusammen."

Als sie nicht reagierte, fügte er eindringlich hinzu, „es weiß niemand, dass Sie bei mir sind. Bestimmt nicht! Wir kriegen das schon hin, Sie zu verstecken."

Damit schob er sie in Richtung des geparkten Wagens.

Abel war so damit beschäftigt, die erstarrte Lena zu seinem Auto zu bugsieren, dass er nicht sah, wie Prohaska ihm folgte.

Während sich Abel in den Verkehr einfädelte, um Lena zu sich nach Hause zu bringen, schwang sich Prohaska triumphierend auf seinen Chopper. Noch bevor er die Maschine startete schickte er Laiwand eine SMS. „Ich habe die Rolex gesehen, die dir so gut gefällt."

Als die beiden in der Kanzlei ankamen, war Jane gerade dabei, den Computer herunterzufahren und ihren Schreibtisch aufzuräumen. Im Hintergrund lief auf Abels altersschwachem Plattenspieler ein altes Stück von Paolo Conte. Kaum waren die beiden im Büro, verabschiedete sie sich schnell: „Ciao, Jean, vergiss nicht, Rosenburg zurückzurufen."

Abel legte seine Schlüssel auf die Kommode am Eingang und schob Lena vollends hinein, die verschüchtert halb in der Tür stehen geblieben war und mechanisch Schmitz abwehrte, der sie stürmisch begrüßte.

„Ja, Schutzengel der Mühseligen und Beladenen." Er merkte, dass seine Sprüche hohl klangen. Aber es half vielleicht ein wenig über Lenas Angst hinweg, wenn er mit ihr plauderte.

Abel ging zum Plattenspieler und legte eine andere Platte auf. „Seit sie einen neuen Verehrer hat, hört sie nur noch Paolo Conte. Welche Musik hören Sie denn auf Ihrem Walkman?"

Lena antwortete nicht. Abel suchte aus seinen Platten ein Doppelalbum heraus. Ellington und Fizzgerald an der Côte d'Azur. Jazz vom Feinsten.

Lena ging vorsichtig und tastend in der Kanzlei herum und betrachtete nun mit anderen Augen als in der vergangenen Nacht Möbel und Gegenstände, die sie zum Teil mit den Fingerspitzen berührte.

Sie hatte sich im Griff, fühlte sich einigermaßen sicher. Die Kanzlei und die Wohnung des Anwalts waren ein Paradies im Vergleich zu der Dachbude, in der sie eingesperrt gewesen war.

„Schöne Musik", sagte sie höflich. Abel kam zu ihr.

„Geht es Ihnen besser?"

Lena schaute ihm das erste Mal, seit er sie abgeholt hatte, in die Augen. „Bitte du zu sagen."

Abel lächelte. „Okay. – Geht's dir besser, Lena?"
„Ich weiß nicht." Lena drehte sich um und setzte ihren Rundgang fort. Abel folgte ihr mit den Augen.
„Niemand wird es wagen, dich hier zu belästigen."
Lena blieb abrupt stehen. Unsicher brachte sie heraus: „Aber ich habe doch kein Geld, um Sie zu bezahlen."
„Wenn „du", dann beide."
Nun musste auch Lena lächeln. „Ich habe von Riga 250 Euro mitbekommen. Aber die haben sie mir gleich hinter der Grenze abgenommen. Verdient habe ich nichts." Mit einem hilflos wirkenden Lächeln hob sie ihren Walkman hoch. „Das ist alles, was ich besitze – und die Kleider."
Sie korrigierte sich. „Stimmt gar nicht, die Hose und die Weste gehören Frau Jane."
Abel fragte: „Gibt es bei dir zu Hause keine Gastfreundschaft?"
Lena blühte bei dem Gedanken an zu Hause auf. Sie lächelte. „Doch, sehr."
„Also."
Damit setzte sich Abel an seinen Schreibtisch und wandte sich seiner Arbeit zu, die den ganzen Tag liegen geblieben war. Er seufzte, als er die gelben Zettel mit der Anruferliste sah, die Jane ihm hingelegt hatte. Lena suchte sich einen Sessel am Fenster aus, schlug die Beine über die Lehne. Sie beobachtete Abel, wie er mit seinen Mandanten telefonierte, sah ihn gestikulieren, beschwören, attackieren und besänftigen. Es ging um viel Geld in ihren Augen, es ging um Kinder und hauptsächlich um Ganoven.
Als die Jazzplatte ausgelaufen war, schaltete Lena ihren Walkman an. Kurz drehte sich das Laufwerk, dann blieb es stehen. Lena versuchte wieder, das Gerät anzuschalten. Abel bemerkte das. Er zog die Schreibtischschublade auf und kramte darin herum. Dann warf er ihr ein Päckchen

Batterien zu. Schmitz versuchte es im Vorbeifliegen zu schnappen. Lena lachte und fing das Päckchen auf. Sie strahlte. „Danke!“

Schmitz, der der Ansicht war, dass solche Großmütigkeit seines Herrchens belohnt werden müsste, legte sich vor Lena auf den Rücken und ließ sich den Bauch kraulen.

Prohaska war mit seinem Chopper vom Lehel über den Altstadtring nach Schwabing gefahren, hatte ihn auf der Leopoldstraße vor einer Bank zwischen die ganzen Fahrräder geklemmt und war zu Laiwand gegangen, der in einem knallvollen Straßencafé auf ihn wartete und gerade den freien Stuhl mit höflicher Bestimmtheit verteidigte. Zwischen den vielen Touristen und Studenten konnten sie sich ungestört unterhalten. Prohaska setzte sich und bestellte eine große Apfelschorle. Er hatte wegen der Observierung den ganzen Tag noch nichts getrunken, dann blickte er sich prüfend um, zündete sich eine Zigarette an und sah erwartungsvoll zu Laiwand.

„Wie isses bei den Bullen gelaufen?“

Laiwand beugte sich vor. „Vorerst Entwarnung.“

„Bei der weiss man nie.“

„Eben. – Wo ist unsere Rolex jetzt?“

„Der Anwalt hat die Kleine in seine Kanzlei gebracht. Er wohnt dort auch.“

Laiwand pfiff mit gespitzten Lippen. „Ja da schau her!“ Er nahm sich eine von Prohaskas Zigaretten und ließ sich Feuer geben. Als er husten musste, nahm er noch mal einen tiefen Zug. Prohaska sagte: „Ich glaube nicht, dass es Schwierigkeiten macht, Lena dort rauszuholen, falls sie da bleibt.“

Laiwand wedelte mit dem Finger vor Prohaskas Nase herum. „Du spinnst wohl. Wann sie jetzt verschwindet oder irgendwo g'funden wird, dann brauchen die Kieberer kaa Phantasie, wos das Motiv angeht."

„Und wenn sie ernsthaft Schwierigkeiten macht?"

Sie warfen sich einen Blick zu. Laiwand war schon immer zimperlich gewesen. Das gefiel seinem Partner nicht. „Warum kneifst du eigentlich immer den Arsch zu?"

Laiwand konnte Prohaskas Blick nicht mehr aushalten. Er sah zur Seite und rief die Kellnerin her. Beide bestellten sich Bruschetta und Prohaska zusätzlich einen doppelten Espresso. Dann knurrte Laiwand: „Du mit deiner ewigen Draufhauerei. Da gibt's nur Schwierigkeiten. Und was hat's geholfen bei der Lena?"

Ohne Einleitung wechselte Prohaska das Thema. „Wolnek hat mich auf dem Festnetz angerufen." Lauernd sah er Laiwand an: „Er bestellt dich zu sich."

Laiwand schaute etwas unsicher auf, dann grinste er. „Kriegt er Nerven, weil die Lena fort ist?"

Prohaska zuckte mit den Achseln.

„So a Hetz, der Wolnek und die Lena! Erst die romantische Nummer – und dann das Aftersausen."

Da kam die Bedienung mit der Bestellung. Als sie gegangen war, rollte Prohaska sorgfältig sein Besteck aus der Serviette und schnitt ein Stück von seiner Bruschetta ab. Er sagte dabei. „Um die Lena kümmer ich mich. Klar?"

Laiwand, der schon angefangen hatte zu essen, sah unsicher auf.

„Egal wie ... aber vorher fragst du Wolnek. Alles klar?"

Prohaska hatte dazu seine eigene Meinung und sah keinen Grund Laiwand davon in Kenntnis zu setzen.

Abel stand vom Schreibtisch auf und streckte sich. Er hatte Hunger. Lena hatte die letzten beiden Stunden auf ihrem Sessel vor sich hingeträumt. Es war das erste Mal seit drei

Monaten, dass sie einfach nur ausruhen konnte. Sie schaffte es sogar, die Angst zu verdrängen. Abel hatte konzentriert und effizient gearbeitet. Akten gelesen, Notizen gemacht, in dicken Wälzern nachgeschlagen und auf den Tasten des Computers geklimpert. Jetzt schaute er auf die Uhr. Es war halb Acht.

„Schnell Lena, wir müssen los, sonst machen die Geschäfte zu."

Sofort war Lena aufgeschreckt. Abel verfluchte sich innerlich, dass er so unsensibel war, aber Lena hatte sich schnell wieder gefangen und ein paar Minuten später standen sie in einem kleinen Supermarkt, der zwar horrende Preise hatte, aber dafür auch gute Qualität bot. Abel ging geschäftig durch die Gänge, während Schmitz vor dem Laden randalierte, weil er gerne die Fleischerfachverkäuferin und ihre Frischtheke besucht hätte, was aber verboten war. Schmitz leuchtete das trotz einschlägiger Vorhaltungen seitens seines Herrn nicht ein. Er zog an der Leine wie ein Karrengaul. Abel hatte Schmitz an einem Fahrradständer vertäut in der Hoffnung, dass das Stahlgestänge dem Gewicht des Hundes standhalten würde.

Lena schritt durch die schmalen Gänge wie andere Leute durch ein Museum. In Riga gab es schon lange praktisch alles zu kaufen. Aber so dicht gedrängt und übereinander gestapelt hatte sie die verlockenden Waren noch nie gesehen.

Abel hatte Lena aus den Augen verloren. Plötzlich erschrak er. Er musste auf Lena aufpassen. Sie war überall in Gefahr. Sofort eilte er zurück.

Lena stand beim Obst und staunte. Die Ladenchefin hatte es schön angeordnet und mit Blättern dekoriert. Abel kam zu ihr mit drei Flaschen im Arm.

„Weißt du, wo ich unseren Einkaufskorb stehen gelassen habe?"

Lena sah auf und strahlte wie ein Kind. Sie deutete auf eine Papaya.

„Was ist das?"

Abel hatte keine Ahnung. Er musste lachen. „Oh Gott, frag mich nicht. Wir nehmen das einfach als Nachtisch mit und fragen an der Kasse, wie man es isst ... Verdammt, wo ist mein Korb?"

Er merkte, dass außer ihnen inzwischen niemand mehr im Laden war und die ältliche, teuer gekleidete Dame an der Kasse langsam unruhig wurde.

Sie rief: „Ihr Korb steht beim Käse." Abel schnappte den Einkaufskorb, Lena und die Papaya und zahlte.

Abel stand in der Küche und kochte. Es gab Lammragout mit Gemüse. Lena wusch den Salat. Dann nippte sie an dem Glas Rotwein, das Abel neben sie gestellt hatte, und schloss genüsslich die Augen.

„Von so etwas träumen die Menschen bei uns in Lettland. Von Wein, einem Essen mit Fleisch oder Fisch, von den Kleidern, die ihr tragt, von den Autos, die ihr baut – nur die Filme, die kann man bei uns anschauen und träumen – wenn man jemanden kennt, der reich ist und sich einen Fernseher mit Satellitenschüssel leisten kann."

Abel murmelte nebenbei: „Das bisschen Fernsehen, das ich anschaue, mache ich selber."

„Wie bitte?

„Nur so." Abel lächelte.

Lena fragte: „Kochst du jeden Abend ein solches Essen?"

Abel antwortete leichthin: „Schon ... wenn ich eine schöne Frau zu Besuch habe ..."

Lena zeigte mit einer verlegenen Geste auf die Verletzungen in ihrem Gesicht. Sie war sich ihres Aussehens nicht so sicher. Dann begann sie den Tisch zu decken.

„Ja, ja, so eine wie mich.“

Abel schaltete den Herd aus und füllte das Ragout in eine große tönerne Schale. „Schönheit kommt oft von innen. Schau mich an.“

Er trug das Essen auf. Lena folgte ihm mit der Salatschüssel. Abel machte Musik und zündete Kerzen an. Sie begannen zu essen.

Prohaska parkte sein Motorrad am Thierschplatz und schlenderte den Rest des Weges zu Abels Kanzlei wie ein abendlicher Spaziergänger. Dabei sondierte er das Gelände. Hinter Abels Büro, das im Erdgeschoss lag, befand sich ein weitläufiger Hof. Zu Abels Glück hatten sich die Bewohner des Hauses mit ihren verschiedenen Nutzungsideen so in die Haare gekriegt, dass der Hof am Ende sich selbst überlassen wurde und immer mehr zuwucherte. Außer Schmitz, der jeden Tag dreimal sorgfältig kontrollieren ging, dass kein ungebetenes Ungetier hier sein Unwesen trieb, kümmerte sich niemand mehr darum. Die Kinder nutzten die kleine Wildnis nach der Schule und gelegentlich ein junges Liebespaar in der Nacht.

An diesem Abend lag der Hof verlassen da. Aus einem der Fenster schwoll eine Opernarie. Elektra. Niemand beschwerte sich. Keiner blickte aus dem Fenster. Man war inzwischen die Beschallung gewöhnt. Die Frau über Abel, Fräulein Gautinger, hörte schwer und nur Opern. Sie behauptete, sie brauche das als Inspiration zum Dichten. Abel fürchtete die unvorhersehbaren Überfälle der alten Poetin, bei denen sie ihm ihre Verse vorzutragen versuchte. Gerüchteweise hatte sie mehrere Kleinverlage mit ihrer Poesie ruiniert. Da sie alt und müde war, hielt der mit ihrer Schöpfungsphase verbundene Opernlärm nie lange an. Doch wenn sie die Boxen aufdrehte, dann ordentlich.

Das kam Prohaska sehr gelegen. Durch den Haupteingang des Nachbarhauses, dessen Türe nicht richtig schloss, gelangte er in den Hof, wo er zwischen den Büschen herumschlich, um sich zu orientieren. Er erschrak, als er direkt am offenen Fenster Abel mit Lena beim Essen sitzen sah. Schnell postierte er sich hinter einem Baum und grinste zufrieden, als er bemerkte, dass er sogar das Gespräch zwischen den beiden belauschen konnte.

Abel konnte spüren, wie sich Lena immer mehr entspannte. Sie sah ihm sogar von Zeit zu Zeit in die Augen. Lena stocherte neugierig mit ihrer Gabel auf dem Teller herum. „Oliven hab ich noch nie gegessen."

Sie spießte eine auf und kaute, verzog ein bisschen das Gesicht, doch dann lächelte sie.

Abel schmunzelte: „Alles eine Frage der Gewohnheit."

„Muss man sich an Essen gewöhnen, wenn es nicht so richtig schmeckt?"

„Der Gaumen ist auch neugierig, wie die Augen und die Ohren."

Plötzlich fuhr Schmitz unter dem Tisch auf und rannte bellend an die Hoftüre. Die romantische Stimmung war sofort dahin. Abel schaute seinem Hund irritiert hinterher. Halblaut wies er ihn zurecht.

„Kusch Schmitz! Klappts noch?"

Der Hund gehorchte. Er hörte auf zu bellen, blieb aber an der Tür stehen und spitzte wachsam die Ohren.

Jaro zuckte zurück in den Schatten des Baumes, hinter dem er lauerte.

Abel wandte sich wieder Lena zu.

„Er war ein Streuner. Dreimal Tierasyl. Seit ein paar Jahren ist er bei mir auf Bewährung draußen."

Lena imponierte das. „Bei euch sind nicht viele Menschen so ... nett."

„Das täuscht. Du hast doch bisher nicht die besten Erfahrungen ..."

Lena druckste herum.

„Was ist los, Lena?"

„Ich muss die ganze Zeit an Laiwand und Prohaska denken. Die Zuhälter haben ein neues Wort für liquidieren."

Abel sah sie bestürzt an: „Wie?"

Lena starrte an die Wand. „Es heißt, ‚du kommst zu Arkadi'. – In Deutschland machen die sich nicht die Hände dreckig. Das ist zu gefährlich. Sie nehmen die Mädchen mit dem nächsten Autotransport zurück nach Riga. Dort gibt es einen, den sie Arkadi nennen. Er bekommt 1000 Euro pro Mord. Und in Riga hat es keine großen Konsequenzen, wenn wieder einmal eine halbverbrannte Leiche auf der Müllkippe gefunden wird."

Lena hatte ein schlechtes Gewissen, das war kein angenehmes Thema beim Essen, aber sie war so froh, dass sie mal mit jemandem darüber reden konnte. Abel stocherte auf seinem Teller herum. Lena interpretierte das, unsicher wie sie war, als Zweifel.

Sie bekräftigte: „Das ist schon oft passiert."

Abel sah auf. „Und die Polizei?"

Lena zuckte mit den Achseln. „Vor Arkadi haben alle Angst. Auch unsre Polizei."

Abel sah Lena an. „Du auch?"

„Ja." Und nach einer Pause fügte sie hinzu: „Sie haben gesagt, sie schicken mich zu Arkadi, wenn ich nicht spure."

Prohaska grinste, als er das hörte. Er war so damit beschäftigt, dem Gespräch der beiden zu lauschen und sich über Lenas Angst zu amüsieren, dass er nicht bemerkte, wie hinter ihm eine Gestalt in einer Lederjacke, maskiert mit einer schwarzen Sturmmaske, auf ihn zugeglitten kam. Plötzlich griff die Gestalt, die auffällig klein aber drahtig war, nach Prohaska, der zu Tode erschrocken herum wirbelte. Doch der Angreifer hatte das vorausgesehen und mit einem Bein eine Fußangel gemacht, so dass Prohaska seitlich zu Boden stürzte und hart aufprallte.

Drinnen begann Schmitz sofort wie wild zu bellen. Er raste jetzt zum Fenster, stellte sich mit den Vorderpfoten auf das Fensterbrett und brüllte wütend in den Hof. Prohaska versuchte, sich aufzurappeln, aber er wurde hart im Gesicht getroffen. Er hatte den metallischen Geschmack von Blut im Mund und spürte, wie es warm aus seiner Nase über seine Lippen rann. Aber Jaro gab nicht auf. Er rollte sich ab. Stöhnend versuchte er, zur Seite wegzurobben, und barg sein Gesicht in den Händen. Doch die Gestalt war unerbittlich. Sie zog Prohaska an seiner Jacke hoch, so dass einige der Zierschnüre abrissen, und drehte Prohaska den Arm schmerzhaft auf den Rücken.

Dieser ächzte: „Loslassen. Verdammt noch mal, loslassen."

Das brachte den Peiniger dazu, Prohaskas Arm noch weiter nach oben zu verdrehen. Prohaska schrie erstickt auf vor Schmerz.

Das Hundegebell dröhnte noch lauter durch den Hof, weil in diesem Moment die Opernarie ausgeklungen war. Fräulein Gautinger schrie mit zittriger Stimme dazwischen: „Ruhe Schmitz, sei still, man kann sich ja nicht konzentrieren. Herr Abel, kümmern Sie sich doch um Ihren Hund!"

Lena sprang erschrocken auf. Instinktiv sah sie sich nach einer Fluchtmöglichkeit um. Auch Abel lauschte.

Er befahl seinem Hund: „Schmitz, sei still jetzt. Kusch!"

Schmitz gehorchte überraschend, knurrte aber drohend in den Hof.

„Endlich, es wird auch Zeit", rief Fräulein Gautinger von oben.

Abel ging ans Fenster, versuchte, etwas zu erkennen. Aber

außer dem gelben Lichtfleck, den das Fenster in den Hof warf, war alles stockdunkel und still. Er drehte sich um. Lena lauschte intensiv in die Stille. Abel ging zu ihr und führte sie behutsam wieder zu ihrem Platz.

„Wir sind alle nervös. Da war nichts."

Schmitz gab keine Ruhe. Er stieß sich vom Fensterbrett ab und rannte wieder zur Tür. Dort bellte er weiter. Abel kannte den Hund. Vielleicht war doch etwas nicht in Ordnung. Abel gab Lena ein Zeichen, dass sie sich ins Schlafzimmer zurückziehen sollte, dann ging er auch zur Tür.

Die Gestalt hatte Prohaska noch im Griff und führte ihn zum Hauseingang. Vor der Türe warf sich Prohaska aber unerwartet herum und konnte sich dadurch losreißen. Der Angreifer verlor das Gleichgewicht, stürzte hinter Prohaska zu Boden, riss ihn aber mit sich.

Abel öffnete die Tür zum Garten. Sofort stürzte Schmitz die Stufen herunter und erkundete jeden Quadratzentimeter des Hofs. Er nahm eine Spur auf und raste durch die Büsche.

Der Angreifer auf der Strasse hatte Jaro erneut im Griff. Wieder derselbe Arm. Ein Ruck. Prohaska schrie vor Schmerz.

Abel hörte den Schrei, pfiff dem Hund und schloss die Hoftür hinter sich. Er ging in den Schatten, versuchte, seine Augen an die Dunkelheit zu gewöhnen und lauschte.

Prohaska wälzte sich mit drei oder vier Drehungen weg, rappelte sich auf, der verletzte Arm hing leblos herab. Er sprintete los. Im Hof fegte der Hund heran.

Der Vermummte hatte sich inzwischen auch aufgerafft und entfernte sich schnell in die andere Richtung. Er schloss das schadhafte Hoftor, durch das er gekommen war, um nicht von dem Hund gestellt zu werden.

Abel wartete einige Minuten, bis Schmitz auftauchte.

„Was war los?“

Schmitz bellte noch zwei bis drei Mal in die Dunkelheit, bevor er seinem Herrn zurück in die Wohnung folgte.

„Lena, du kannst kommen“, sagte Abel.

Lena trat vorsichtig aus dem Schlafzimmer.

Abel beruhigte sie. „Nichts. Siehst du.“

Er schloss die Tür und drehte sich zu Lena um.

„Es ist wirklich nichts. Manchmal spinnt er, das kommt von der Streunerei.“

Lena lag in Abels Bett auf der Seite und sah zu dem Anwalt hinüber, der in einem Sessel saß, Schmitz vor den Füßen. Es war fast dunkel im Zimmer, nur von außen drang ein schwacher Lichtschein durch den Türspalt. Lena hatte wieder Abels Schlafanzug übergezogen und sich in die Decken gehüllt, obwohl es draußen immer noch so schwül war wie in den Nächten zuvor.

Plötzlich sagte Lena: „Ich bin nicht so naiv, ich habe geahnt, dass Karlis lügt, wenn er von Jobs in Cafés geredet hat. Aber ich habe einfach raus gemusst aus dem Dreck bei uns.“

Abel sah von seinem Hund auf. „Also bist du mitgefahren!“

„Ja, weil ich gedacht hab, ich habe die Sache im Griff. – Eine Freundin hat mir aus Köln geschrieben, dass sie Striptease macht. So weit wäre ich auch gegangen.“

Abel lachte leise. „Bei dem Wort Striptease stelle ich mir immer etwas angejahrte Damen in billigen Schuppen vor, die mit offenem Mund und verdrehten Augen Federboas schwingen, und wo man wegschauen muss, wenn die Hüllen fallen.“

Lena lachte auch. „Du, ich bin nicht so schlecht im Ausziehen. Im Studentenwohnheim haben wir das oft aus Spaß gemacht. Nicht nackt, aber bis auf den Tanga. Und ich habe immer den größten Beifall gekriegt. Warum soll ich so was nicht in Deutschland machen – von mir aus auch bis auf die Haut? Ich weiß, ich bin gut gebaut. Und dafür ein Vermögen kassieren ... und dann wieder zurück, nach Hause." Ernüchtert fügte sie hinzu: „Tja, aber ..."

Abel stand auf und schob den Hund zur Seite, trat ans Fenster und schaute noch einmal kurz nach draußen in den Hof. Schmitz bezog wieder Position, mit den Pfoten auf dem Fensterbrett. Er war immer noch unruhig. Als Abel sich zu Lena umwandte, streckte sie ihre Hand nach ihm aus.

„Komm ins Bett. Ich brauche jemanden zum Wärmen, es ist genug Platz da."

Abel schüttelte den Kopf.

Lena flüsterte verletzt: „Ist es, weil ich ... weil ich auf dem Strich war? Ich will doch gar nicht mit dir schlafen."

Abel trat an das Bett, ging in die Knie und schaute Lena an. Dann streichelte er ihr über den Kopf. „Nein, Lena. – Schau, ich habe Schwierigkeiten, nur so brüderlich mit einer Frau im Bett zu liegen – und außerdem penne ich oft auf meiner Couch ein, wenn ich Akten lese und darüber einnicke, das ist gar nicht so unbequem."

Lena schaute ihn an. Dann lächelte sie. „Aber morgen tauschen wir, dann schlafe ich auf der Couch."

Abel verließ das Zimmer. Schmitz lag vor der Haustür und schnüffelte von Zeit zu Zeit am Türfalz. Abel sah am Verhalten seines Hundes, dass vorhin etwas nicht in Ordnung gewesen war. Er versuchte Annabelle zu erreichen. Vergeblich. Nur die Mailbox schaltete sich ein. Abel kontrollierte noch einmal alle Türen, bevor er die Lichter löschte und es sich auf der Couch bequem machte.

Donnerstag, 14. Juli

Laiwand fuhr vor einer gediegenen Villa in Grünwald vor. Am Portal des Hauses war ein kleines goldenes Klingelschild angebracht, auf dem in altmodischen Lettern „Steuerberater Ulf Wolnek“ prangte. Laiwand klingelte. Die Hausangestellte führte ihn in einen Salon, der ausgestattet war wie ein Boudoir im 18. Jahrhundert. Überall teures Porzellan, goldene Lüster und ausladende Möbel. An den Fenstern üppige Vorhänge, die mit dicken Kordeln, an deren Ende schwere Bommel hingen, zurückgehalten wurden. Laiwand musste grinsen. Bei seinen Eltern, dem Polizeirat und Gattin, hatte es auch solche Prunkkordeln gegeben. Nur hatten sie weniger teure Stoffe gehalten. Als Kind hatte Laiwand liebend gern die Bommel abgeschnitten.

Nach kurzer Zeit betrat Wolnek den Raum und begrüßte Laiwand jovial. Der Steuerberater war ein äußerlich bieder wirkender Mann Mitte bis Ende Vierzig, der aber eine undurchdringliche, harte Aura besaß. Er trug eine Nickelbrille. Sein leicht rötliches Haar war streng gescheitelt. Auf seinen Wangen lag immer ein roter Hauch, so als ob er ein Gläschen zuviel getrunken hätte oder von einem langen Spaziergang im Schnee zurückgekehrt sei. Sein Ton war knapp, kompromisslos und geschäftsmäßig, aber nie unhöflich.

„Schön, dass Sie es einrichten konnten. Gehen wir gleich runter in meine heiligen Hallen. Da sind wir ungestört.“

Wortlos folgte ihm Laiwand in den Keller, in einen Raum, den er niemals in solch einem Haus erwartet hätte. Es war ein echt bayerischer Partykeller mit einer Bar an der Seite. Die Wände über und über mit Fußballdevotionalien von 1860 geschmückt. Ein Handwerker arbeitete am Ventilator der Klimaanlage, die für die gleichmäßige Belüftung des Raumes sorgte. Wolnek wandte sich an den Arbeiter: „Lassen Sie uns allein."

Der Mann packte seinen Werkzeugkasten und ging. Wolnek, der an der dicken, schalldicht wirkenden Tür stehen geblieben war, schaute dem Mann kurz nach, dann schloss er sorgfältig hinter dem Handwerker ab.

Wolnek fackelte nicht lange. Er wirkte, als neige er zu Unbeherrschtheiten und Jähzorn.

„Zuerst das Geld."

Laiwand griff wortlos in die Innentasche seines Jacketts, holte ein Bündel Geldscheine heraus und legte es auf den Bartresen.

Er erläuterte: „So, das sind die 83.000 von der letzten Woche."

Wolnek zählte sofort und schlug mit der flachen Hand auf den Tisch: „Nur 83? Da fehlt doch was!"

Laiwand konnte diesen preußischen Junkerton nicht vertragen, er sagte lauernd: „Lena, die ist ein Flop. Totalausfall. Und jetzt ist sie noch abgängig."

Dabei beobachtete er prüfend den Steuerberater, der keinerlei Reaktion zeigte. Wolnek zog eine Liste aus seiner Brieftasche, auf der er mit rotem Stift etwas mit einem Kürzel vermerkte. Dann faltete er den Zettel sorgfältig wieder zusammen und steckte ihn zurück. Laiwand ließ sich ohne Aufforderung in einen der herumstehenden blauen Ledersessel fallen – Wolnek blieb am Tresen stehen und zählte das Geld zum zweiten Mal.

Er fragte beiläufig: „Im Zeugenschutz?"

Von Laiwand kam es gelangweilt zurück: „I waas net."

„Das ist sehr schlecht gelaufen."

Interessiert lehnte sich Laiwand in seinem Sessel vor. „Sie hängen nicht mehr persönlich an dem Maderl?"

In einem Anflug von Nervosität verlor Wolnek kurz die Fassung und fauchte: „Das geht Sie nichts an."

Laiwand warf ihm einen prüfenden Blick zu: „Zu Arkadi, die Lena, wenn wir sie treffen sollten oder ..?"

Wolnek ging nicht auf die Frage ein. „Morgen übernehmen Sie neues Material im Club Baccara."

Laiwand lehnte sich zurück und verschränkte die Arme im Nacken.

„Chef, wir müssen übers Geschäft reden. Ich will einen gerechten Anteil an den Deals mit dem Ecstasy. Wenn Sie das Geschäft schleifen lassen, kann i nix dafür."

Wolnek erwiderte kalt: „Das ist allein meine Sache."

„Nicht mehr." Laiwand fügte mit drohendem Unterton hinzu: „Sie sind angreifbar geworden. Der Herr Weber aus Berlin war doch nicht umsonst bei Ihnen."

Das war eine Kampfansage. Die beiden Männer starrten sich gegenseitig an. Wolnek brach als erster das unangenehme Schweigen.

„Wer sagt das?"

Laiwand hob die Schultern. „Vielleicht sogar der Herr Weber."

Barsch fuhr Wolnek dazwischen. „Halten Sie sich da raus! – Ich erwarte wie immer die nächste Zahlung in einer Woche. Jede Verzögerung wird bestraft."

Laiwand stand auf. Er antwortete ebenso kalt, doch mit ironischem Unterton: „Jetzt geht mir aber der Arsch auf Grundeis."

Dann verließ er wortlos Wolneks Villa und fuhr in die Stadt.

Abel stand im Bad und rasierte sich, vergnügt vor sich hin pfeifend. Lena räumte das Schlafzimmer auf und richtete das Bett. In der Nacht war wieder mal ein Gewitter durchgezogen. Die herabprasselnden Regenschauer hatten die Hitze und den überall klebenden Staub weggewaschen. Jetzt war ein wunderschöner Spätsommertag angebrochen. Klar und noch nicht heiß. Schmitz begann, in der Küche zu randalieren. Er schob fordernd seinen Fressnapf auf den Kacheln hin und her, dass es quietschte. Lena musste lachen.

„Wenn's ums Fressen geht versteht er wohl keinen Spaß. Soll ich ihm was machen?"

Abel, der sich gerade mit After Shave einrieb, rief: „Schütte einfach was aus der Dose auf dem Regal im zweiten Fach von oben in seinen Fressnapf und stell ihm den hin."

Lena verschwand in der Küche.

Im selben Moment kam Jane zur Tür herein. Sie legte ihre Tasche auf den Schreibtisch und ging wie immer zuerst in die Küche, um den Kaffee aufzusetzen. Da entdeckte sie Lena, die inzwischen wieder ihren Walkman angeschaltet hatte und barfuss in einem von Abels T-Shirts Schmitz Fressen bereitete. Der Hund bemerkte Jane, wedelte kurz, sprang dann aber weiter hungrig um Lena herum, die die Schüssel auf den Boden stellte. Lena hatte sie nicht gehört. Jetzt nahm sie sich die Hörer vom Kopf und sah sich um. Jane ging hinter dem Türrahmen in Deckung. Ohne sie zu bemerken, griff Lena nach kurzem Zögern nach Abels Geldbeutel und öffnete ihn. Sie schaute sich noch einmal um, dann durchsuchte sie das Portemonnaie. Soweit Jane erkennen konnte, nahm sie aber nichts heraus, bevor sie ihn zurücklegte. Jane ging leise ins Büro zurück, setzte sich an ihren Schreibtisch, schaltete den Computer an und begann zu arbeiten.

Prohaska verließ erschöpft die Ambulanz des Klinikums rechts der Isar, wo sein ausgekugelter Arm versorgt worden war. Er war sehr blass. Seine Augenbraue hatten sie mit zwei Stichen genäht und seinen Arm straff in eine Schlinge gebunden. Das Schmerzpflaster, das sie ihm nach der Narkose auf die Haut geklebt hatten, machte ihn benommen. Die kleinste Bewegung erzeugte trotzdem stechende Schmerzen.

Jaro war froh, dass er da wieder raus war. Er hasste Krankenhäuser und fürchtete immer, sie würden ihn dabehalten. Er sah sich nach einem Taxi um, aber in den Haltebuchten war keines zu sehen. Genervt ging er vor zur Straße, um eines aus dem laufenden Verkehr zu ziehen. Er hatte nicht bemerkt, dass inzwischen Annabelle mit ihrem Dienstwagen angekommen war. Sie sprang aus dem Auto, das sie im Halteverbot stehen ließ.

Annabelle ging schnell hinter Prohaska her, der sie nicht beachtet hatte. Sie holte auf und sprach ihn an:

„Herr Prohaska?"

Prohaska wandte sich um.

„Kripo München."

Jaro erschrak bis ins Mark. Das letzte, was er in seiner Situation gebrauchen konnte, waren die Bullen.

Annabelle lächelte ihn an: „Na, tuts weh?", erkundigte sie sich fürsorglich.

Prohaska stutzte. Ihm ging ein Licht auf.

„Vorsicht, Mädchen, ich bin nachtragend."

Annabelle lächelte: „Ich auch. Sie müssen jetzt mitkommen."

Jaro sah sich automatisch nach einer Fluchtmöglichkeit um, doch da kamen schon Fritz und zwei Polizisten in Uniform auf ihn zu. Prohaska war sich im Klaren, dass die Herren schneller sein würden als er, dem man gerade den Arm wieder eingerenkt hatte und dem immer noch schlecht vor Schmerz war.

Er herrschte sie an: „Okay, okay."

Fritz gab den uniformierten Beamten einen Wink. Einer nahm Prohaska an seinem gesunden Arm und führte ihn zum Wagen, der neben Annabelles geparkt stand. Annabelle und Fritz folgten mit einem zufriedenen Lächeln.

Fritz sagte: „So wie die den verbunden haben, hat ihm einer den Arm ausgekugelt."

„Das tut sauweh", ergänzte Annabelle.

„Ich hab da kein Mitleid", knurrte Fritz, „ich wär' froh, wenn sich das Zuhälterpack gegenseitig ausrotten würde.

Abel verließ gerade die Kanzlei. Er trug seine Aktentasche in der Hand und hatte seine Boulekugeln unter den Arm geklemmt. Heute konnte man endlich wieder spielen, ohne ein Lungenödem wegen des Staubs oder eine Herzattacke wegen der Hitze zu befürchten. Kaum war er ein paar Schritte gegangen, kam Jane konspirativ aus der Tür geschlichen, spurtete hinter ihm her und zog ihn in die nächste Durchfahrt. Anklagend berichtete sie: „Sie hat in deinem Portemonnaie gewühlt."

Abel erwiderte kühl, während er ihr seinen Arm entzog: „Oh, Babyjane, ich weiß, sie hat es mir vorhin erzählt. Sie wollte sehen, ob ich eine Frau habe. In Lettland tragen die Männer immer ein Photo ihrer Lieben im Geldbeutel mit sich rum."

Jane schüttelte den Kopf. „Ganz schön clever. Du wirst sehen, die nutzt dich nur aus."

Abel schloss seinen Citroen auf, für den er ausnahmsweise mal einen Parkplatz direkt vor der Tür gefunden hatte. Er öffnete das Verdeck und warf die Boulekugeln auf den Rücksitz.

„Es ist nichts passiert, was mich in ihre Abhängigkeit bringen könnte."

„Man muss nicht mit einem Mädchen schlafen, um sich

als Mann in ihre Abhängigkeit zu begeben. Besonders wenn man in einem gewissen Alter ist."

Das saß. Abel schaute sie verletzt an, aber Jane war jetzt nicht mehr zu stoppen.

„Außerdem: Ich habe einen vertraulichen Tip aus der Umgebung von Billmair bekommen."

Das interessierte ihn.

„Justizkantine?"

„Woher sonst?"

„Von wem?"

Jane zuckte mit den Achseln und sah zu Boden und dann Abel ins Gesicht.

„Es gibt Leute, die sagen, vielleicht geht Billmair selber zu den Mädchen. Er kennt sich ja im Milieu aus. Vielleicht hat deine Lena ihn bedient und er will sie loswerden? Denn wenn das rauskommt, ist er fertig. Beförderungsmäßig. Da sind sich alle einig"

„Dann wäre er fix und fertig", bestätigte Abel. Doch dann schüttelte er den Kopf. „Billmair macht sich doch nicht erpressbar. Wenn das auch nur annähernd stimmt, könnte Lena ihn damit ja förmlich zwingen, dass er die Hand über sie hält. Nee! Und außerdem ... Lena ist nicht so. Ich glaube das nicht."

Jane konnte nur müde lächeln. „Du kannst deine Lena ja mal auf den Kopf zu fragen."

Abel holte Luft, um Jane die Meinung zu sagen. Langsam gingen ihm ihre Eifersüchteleien auf den Geist. Doch in diesem Moment öffnete Lena die Haustüre. Sie hatte die Mülleimer aus der Küche und dem Büro in der Hand und wollte sie zum Container bringen. Sie spürte die angespannte Stimmung und sagte verlegen: „Bitte zu entschuldigen."

Abel beruhigte sie. „Schon gut," und stieg mit einem

bösen Blick auf Jane in sein Auto. Jane rief ihm hinterher: „Ich hör mich jedenfalls weiter um."

Abel gab Gas und fuhr zum Gericht.

Der Rechtsmediziner, ein Mann knapp an der Pensionierungsgrenze mit einem Schnauzbart wie Günter Grass war gerade dabei, Prohaska Blut aus seinem gesunden Arm abzunehmen. Prohaska wurde noch bleicher. Er biss sich die Unterlippe fast blutig. Annabelle erklärte: „Das Blut wird für den Alkoholtest gebraucht."

Der Arzt sagte dazwischen: „So, jetzt bitte einmal eine Faust machen." Prohaska gehorchte widerspruchslos. Er war viel zu erschöpft, um wirklich Widerstand zu leisten.

„Ich habe nichts getrunken," ächzte er, „das ist purer Sadismus."

„Mund auf", sagte der Rechtsmediziner, ohne auf die Bemerkung von Jaro einzugehen.

Er nahm mit einem Wattestäbchen aus der Mundhöhle einen Speichelabstrich.

„Und das ist für den DNA-Test. Der genetische Fingerabdruck. Damit vergleicht dann das Labor die Spuren von der Vergewaltigung, die wir bei Lena Ulmanis gesichert haben," erläuterte Annabelle sachlich.

Dass man bei Lena Spuren gesichert hatte, war neu für Prohaska. Ihm war nicht wohl in seiner Haut. Annabelle fuhr fort: „Ihr Haftrichtertermin ist morgen."

Er fragte: „Was liegt eigentlich vor?"

Annabelle hatte ihn beobachtet und seine Unruhe bemerkt. Beiläufig antwortete sie: „Dringender Tatverdacht. Vergewaltigung, Menschenhandel, Zuhälterei, um nur mal die wichtigsten Punkte zu nennen. Das ganze Menü halt ..."

Jetzt sah sogar der Arzt auf. Prohaska murmelte finster: „Ich bin schneller wieder draußen als Sie denken."

„Bei Sexualdelikten gibt es besondere Gründe für die U-Haft. Verlassen Sie sich nur nicht zu sehr auf die Aussage von Ihrem Kumpel Laiwand."

Inzwischen war der Arzt fertig. „Danke, drücken Sie die Watte fest auf den Einstich."

„Mit welcher Hand?", höhnte Jaro mühsam.

Der Rechtsmediziner ignorierte auch diesen Einwurf: „Der DNA-Test braucht vier Tage," sagte er und nahm seine weiße Gummischürze ab. „Feierabend für heute, es sei denn, Sie haben noch was, Frau Bartosch."

Abel war nach einem langen Gerichtstag erschöpft in seiner stickigen Wohnung angekommen. Annabelle hatte, nachdem Prohaska in Gewahrsam genommen worden war, einen Beamten in Zivil abgestellt, der den Tag damit verbracht hatte, von einem Tisch in der Pizzeria gegenüber Abels Büro zu beobachten. Sie hatte die Maßnahme bei Billmair durchgesetzt, weil noch nicht abgeklärt war, über welche Helfer Laiwand verfügte. Es gab eine ganze Menge Schläger in München, die für Geld nahezu alles taten. Doch nichts hatte sich gerührt.

Jane misstraute Lena. Deswegen war Jane ihr gegenüber betont einsilbig gewesen, was diese nicht störte. Im Gegenteil, sie fühlte sich das erste Mal so sicher, dass sie die Ruhe, das neue, provisorische Leben zu geniessen begann und erst ausgiebig duschte und später dann die in Abels Wartezimmer ausgelegten Zeitschriften verschlang, allen voran die oberflächlichen Hochglanzmagazine mit den Klatschstorys aus der Schickeria.

Die laszive Faulheit, mit der das Mädchen den Tag verbrachte, verärgerte Jane noch mehr. Jane war ungerecht. Sie wusste das. Und deswegen verschlechterte sich Janes Stimmung zusätzlich.

Abel hatte sofort die schlechte Laune seiner Assistentin gespürt und sie nach Hause geschickt, damit sich ihr derzeitiger Freund die Zähne daran ausbeißen konnte, sie aufzuheitern.

Abel war danach mit Lena in die Stadt gefahren. Jetzt schlenderten sie auf der Kaufinger Straße an den Geschäften vorbei. Der Polizist folgte ihnen mit gemessenem Abstand. Es war ein lauer, wunderbar klarer Sommerabend. Wenn sich Abel trotz des Personenschutzes nicht von Zeit zu Zeit vorsichtig umgesehen hätte, hätte man glauben können, ein ganz normales Paar seinen Feierabend genießen zu sehen. Lena hatte neue Kleider an. Einen leichten weißen Sommerrock und eine kurzärmelige weiße Bluse mit großen roten Mohnblüten. Sie sah frisch und erholt aus.

Zum ersten Mal trug sie ihre Haare offen, die dicht und leicht gelockt über ihre Schultern fielen. Wie lange war es her, dass sie Lust verspürt hatte, etwas aus sich zu machen? Sie schwenkte in der Hand zwei Einkaufstüten von den üblichen modischen großen Kleiderketten.

Plötzlich lehnte sie kurz ihren Kopf an Abels Schulter und sah ihn voller Zuneigung an. Leise sagte sie: „Ich danke dir so vielmals. – Warum machst du das für so ein Mädchen wie mich?“

Abel, der sie schon die ganze Zeit verstohlen betrachtet hatte, überspielte seine Gefühle für Lena.

Leichthin sagte er: „Damit ich mir vorkommen kann wie der beste Mensch von München. Und nachdem Prohaska sitzt ...“

Lena schenkte Abel ein langes Lächeln. Dieser Mann gefiel ihr sehr. Er brachte sie zum Lachen und sie fühlte sich bei ihm sicher.

Abel lenkte ab und führte sie in den Biergarten zum Hofbräu, jenseits der Isar am Maximilianeum. An solchen Abenden sieht es hier aus wie auf einem Gemälde von Cezanne, weil der Dunst von den Grills sich wie ein bläulicher Schleier über die dicht gedrängt auf Bänken sitzenden Menschen legt. Alles riecht und schmeckt deftig. Stimmengewirr. Geschirrklappern. Gelächter. Frieden.

Lena war völlig fasziniert und verspeiste einen großen Teller Schweinebraten mit Knödeln und aß eine der Riesenbrezen dazu. Abel genehmigte sich eine Maß Helles und ließ dem Polizisten, der sich an einem anderen Tisch niedergelassen hatte, von der Kellnerin eine große Apfelschorle bringen.

Lena hatte darauf bestanden, auf der Couch zu schlafen und Abel sein Bett zu überlassen. Abel war sofort weggedämmert. In der Nacht davor hatte er schlecht geschlafen, da ihn die Unruhe des Hundes angesteckt und er gespürt hatte, dass etwas nicht stimmte. Nachdem er heute mit Annabelle gesprochen hatte, war er sich sicher, dass etwas vorgefallen war. Aber Annabelle, die nur sibyllinisch lächelte, war nichts weiter zu entlocken gewesen.

Schmitz hatte sich hechelnd in die Küche verzogen und auf dem kühlen Steinboden alle Viere von sich gestreckt. Lena lauschte lange dem ruhigen Atem der beiden und dachte nach. Dann stand sie langsam auf und ging ins Schlafzimmer. Abel hatte extra die Türe offen gelassen, damit sie sich sicherer fühlte. Leise trat Lena an sein Bett. Sie trug nur das Oberteil des Schlafanzugs. Sie kniete neben Abel nieder und betrachtete ihn. Vorsichtig streichelte sie mit der Hand zärtlich über seine Haare, die ihm in die Stirn gefallen waren. Sie studierte seine Lachfältchen und das entspannte Gesicht.

Dann stand sie auf und öffnete das Hemd, ließ es vom Körper gleiten und legte sich nackt zu Abel ins Bett. Als Abel aufzuwachen schien und sich bewegte, kuschelte sie sich in seinen Arm. Doch Abel schlief weiter, umarmte Lena nur leicht. Endlich konnte auch sie schlafen.

Als der Tag graute, schlüpfte sie wieder aus dem Bett, ohne dass Abel aufgewacht wäre. Er lag zu diesem Zeitpunkt auf dem Rücken, hatte mit dem Arm die Augen abgedeckt und schnarchte leise. Lena lächelte, nahm das Oberteil des Schlafanzugs und ging hinaus.

Montag, 18. Juli

Es war Mittag. Abel war gerade dabei, den Schriftsatz zu beenden, an dem er den ganzen Morgen gearbeitet hatte.

Jane kam herein. „Wo ist Lena?“

Abel schaute verwirrt von seinen Unterlagen hoch. Dann deutete er mit dem Kopf in Richtung Schlafzimmer. „Nimmt irgendwelche Bänder auf oder liest.“

Jane hatte einen großen Karton aus einem Sandwichladen dabei, den sie jetzt auf den Tisch stellte und legte dann ihre Handtasche über den Stuhl. Schmitz fing sofort an zu betteln.

„Du würdest Lena glatt verhungern lassen. – Das mit den Nutten scheint bei Billmair übrigens Fehlanzeige zu sein.“

Abel nickte zufrieden. „Babyjane, die Welt ist schlecht, bloß die Juristen sind, von wenigen beklagenswerten Ausnahmen abgesehen, ordentliche Zeitgenossen.“

Jane ließ sich den nächsten Satz auf der Zunge zergehen. „Billmair hat was mit der Busch.“

Abel stutzte. „Vom Amtsgericht?“

„Ja.“

„Hoppla!“ Betrübt fügte er hinzu: „Da haben wir ja gleich zwei Ausnahmen, die die Regel bestätigen.“

„Abscheulich“, lachte Jane.

„Nutten ... das wäre nicht gut. Für niemanden“, sagte Abel. „OK und Amtsgericht, das geht“. Er stand auf und sammelte seine Sachen zusammen, um zu Gericht zu gehen.

„Gell Babyjane, du passt bitte auf Lena auf. Wenn der Hund komisch bellt, alles abschließen und den Mann in der Pizzeria anrufen. Hier liegt seine Handynummer.“

Jane unterbrach ihn spöttisch: „Nein, ich schick sie alleine in die Stadt, Briefmarken holen, und ruf den Wiener Zuhälter an. Vergiss dein Sandwich nicht.“

Jane warf ihm sein eingepacktes Brötchen zu.

„So gut wie eine Mutter."

Abel fing es geschickt auf, riss mit den Zähnen das Plastik der Verpackung auf, in der anderen Hand seine Aktentasche und die Robe, und verschwand eilig, bevor ihn Janes Bombardement aus Radiergummis und Bleistiften treffen konnte.

In einem kleinen, karg eingerichteten Zimmer der Haftanstalt Stadelheim wurde Prohaska der Ermittlungsrichterin vorgeführt. Sie war eine junge unsichere Frau, die gerade erst ihre Ausbildung hinter sich gebracht hatte.

Sie trug keine Robe.

Abel vertrat Lena als Nebenklägerin. Billmair war der zuständige Staatsanwalt. Prohaska hatte sich bei seinen Zuhälterfreunden erkundigt und Frau Seeborn als seine Verteidigerin engagiert. Abel hatte nur geseufzt, als ihm seine Kollegin auf dem Gerichtsflur tough die Hand geschüttelt und ihn mit ihrem stereotypen Lächeln begrüßt hatte. Lena war nicht dabei.

Max Laiwand saß auf einem braunen Plastikstuhl vor dem Schreibtisch der Ermittlungsrichterin. Laiwand sollte als Zeuge aussagen, um Lenas Vorwürfe gegen Prohaska klären zu helfen.

Laiwand fühlte sich nicht gut vor Gericht. Ständig kippelte er mit seinem Stuhl nach links, da an einem der Stuhlbeine die Filzunterlage fehlte. Er sprach die ganze Zeit hochdeutsch. Nur wenn man genau hinhörte, konnte man die geringe Dialektfärbung bemerken. Laiwands Aussage war überzeugend und klar, er vermied seinen sonst üblichen flapsigen Tonfall mit all den kleinen Zynismen.

Abel hörte aufmerksam zu. Irgendwie kam ihm die Stimme bekannt vor. Wo war ihm dieser verwaschene, kaum hörbare Akzent das letzte Mal begegnet? Er hörte genauer hin, beugte sich aufmerksam nach vorne. Billmair war die gesamte Anhörung über auffällig zurückhaltend gewesen und hatte sich kaum an der Befragung beteiligt.

Laiwand war gerade dabei, seine Beziehung zu Lena zu schildern: „Die Ulmanis ist ziemlich unverschämt gewesen, sie hat die Miete für den Wohnwagen nicht gezahlt, nur Beanstandungen hat es gegeben. Aus der Luft gegriffen. Deswegen sind wir abends zu ihr in den Wohnwagen und haben die angeblichen Mängel begutachtet."

Abel schaltete sich ein: „Äh, ich habe das akustisch nicht richtig verstanden, kann der Zeuge bitte noch mal wiederholen, was er gesagt hat."

Laiwand sah ihn irritiert an. Doch dann wiederholte er: „Ich habe gesagt, die Ulmanis ist ziemlich unverschämt gewesen, sie hat nicht gezahlt, nur Beanstandungen hat es gegeben. Deswegen sind wir am Abend zu ihr und haben die angeblichen Mängel angeschaut."

Abel hatte die Augen geschlossen, um sich besser auf Stimme und Akzent konzentrieren zu können. Jetzt glaubte er, die Stimme zuordnen zu können. Er nickte leicht, bevor er die Ermittlungsrichterin fragte: „Kann ich eine kurze Unterbrechung haben?"

Sie gewährte gegen Billmairs Murren die Unterbrechung, froh darüber, kurz in ihrem Richterzimmer eine Zigarette gegen die Nervosität rauchen zu können, und Abel eilte nach draußen. Auf dem Gerichtsflur wartete Annabelle. Abel ging mit raschen Schritten an ihr vorbei und winkte ihr, ihm zu folgen.

Nach wenigen Metern war an einer vergitterten und grau lackierten Sperre der Weg zu Ende. Sofort begann er intensiv auf sie einzureden.

„Annabelle, du hast doch gesagt, dass Billmair so komisch

reagiert hat, als du ihm das erste Mal den Namen Laiwand genannt hast?“

Annabelle war irritiert. „Klar.“

„Erinnerst du dich an den verdeckten Ermittler hinter der Sichtblende als Zeuge, als Natascha ...“

„Natürlich.“

„Max Laiwand bremst in seiner Aussage da drinnen ziemlich stark seinen Wiener Akzent. Ich habe geglaubt, eine Ähnlichkeit erkennen zu können.“

Annabelle kräuselte nachdenklich die Stirn. „Stimmt, mir ist aufgefallen, dass er als Zeuge sehr gestelzt und irgendwie bemüht spricht.“

Abel sprach aus, was beide dachten: „Wenn Laiwand ein V-Mann wäre ... Sag mal, wäre das möglich, ohne dass jemand in deiner Position etwas davon weiß?“

„Die U-Boote werden bei uns sehr eng geführt.“

„Das heißt?“

„Geheim. Damit sie nicht gefährdet werden.“

„Kann man verstehen.“

„Wenn Laiwand der Mann wäre, der im Natascha-Verfahren ausgesagt hat, dann wüsste das keiner außer Billmair.“

Eindringlich bemerkte Abel: „Billmair jagt die Bosse. Aber es ist wie im Prozess von Kafka, hinter jedem der Verbrecher gibt es einen Größeren, Mächtigeren. Diesem Phantom rennt Billmair hinterher. Klar, da interessiert ihn doch so ein Prohaska nur am Rande.“

„Und Laiwand muss er decken.“ Annabelle dachte nach. „Bist du sicher, dass du die Stimme erkannt hast, Jean?“

Abel zuckte mit den Schultern. „Was heißt sicher, wenn man keinen genauen Vergleich hat?“

„Ich wollte, ich könnte rein und mir das anhören.“

Abel war schon wieder auf dem Weg zurück. „Geht leider nicht.“

Annabelle blieb zurück und fächelte sich nachdenklich mit einer zusammengefalteten Zeitung Kühlung zu. Die Knastgeräusche nahmen überhand. Schlüsselgerassel, hohle Brüllerei, schlagende Türen.

Jane saß im Büro und rechnete Zahlen für die Umsatzsteuererklärung zusammen. Verstohlen sah sie hin und wieder zu Lena hinüber, die ihre Nervosität wegen Prohaskas Termin damit zu beruhigen suchte, dass sie in Abels Schlafzimmer auf dem Boden hockte und Kassetten von seinen Vinylplatten aufnahm.

Lena stand auf und kam in Janes Zimmer. Sie ging an die Stereoanlage, die im Regal hinter Janes Schreibtisch stand, und legte eine Kassette ein. Es war ein Liebeslied von Paolo Conte. Jane drehte sich zu Lena um, die unsicher lächelnd sagte: „ Hier, ich habe gedacht, ich mische alle Liebeslieder von Paolo Conte auf ein Band, damit Sie nicht immer die Platte beim Arbeiten umdrehen müssen."

Diese Geste rührte Jane.

„Oh, danke."

Lena fragte unsicher: „Soll ich für Ihren Freund auch eine Kopie machen?"

Jane dachte bei sich, dass ihm das nicht schaden könnte, so wie er sich gestern wieder angestellt hatte.

„Ja, fürs Autoradio. Keine schlechte Idee. Danke."

Lena hörte der Musik zu. „So, wie Paolo Conte singt ... man glaubt nicht, dass es für die erste Liebe in seinem Leben ist. Aber trotzdem, irgendwie ..."

Jane bemerkte dazu trocken: „Wenn Jean Abel singen könnte, gäbe das ein schönes Duett."

Lena lachte. Jane ließ sich anstecken.

Abel riss in dem kleinen Ermittlungsrichterzimmer als erstes die beiden kleinen solide vergitterten Fenster auf, da kaum mehr Sauerstoff vorhanden war. Die Sonne warf scharfe Schatten in den Gefängnishof. Knapp dreißig Grad dürften es sein. Abel dachte sehnsüchtig an den Eisbach im Englischen Garten. Er trug zu Recht seinen Namen. Ein herrliches Gefühl, wenn man sich im Sommer von seiner starken Strömung tragen ließ, kühl, schwebend.

Nachdem sich alle unter heftigem Stühlerücken wieder in dem kleinen Raum zusammengepfercht hatten, kam Abel sofort zur Sache.

Er beugte sich auf seinem Stuhl vor und fixierte den Zeugen: „So, Herr Laiwand, Sie waren also an besagtem Abend im Wohnwagen von Frau Ulmanis, da sich diese über Mängel an dem von Ihnen vermieteten Wagen beschwert haben soll."

Laiwand antwortete genervt: „Ja, das habe ich doch schon gesagt."

Abel ließ sich nicht beirren: „Und das ist alles ganz friedlich abgelaufen. Herr Prohaska und Sie, Sie haben sich die Mängel angeschaut, Nachbesserung gelobt und den Wohnwagen wieder verlassen?"

„Wir wollten endlich Geld sehen. Und sie hat nur 200 Euro gezahlt. Wir haben unseren Standpunkt deutlich gemacht – und zwar mit Worten, nicht mit Gewalt, wie hier unterstellt wird. Wir sind uns nicht einig geworden, ich habe mit Kündigung gedroht. Dann sind wir gegangen."

Abel lehnte sich zurück. „Und später ist Prohaska zu ihr zurückgekommen?"

Laiwand schaute Abel unverwandt an, dann sagte er ganz langsam: „Nein. Sie hat es uns zwar angeboten, dass sie ihre Schuld ... ja, sozusagen abarbeitet, wissen Sie."

Laiwand machte ein angeekeltes Gesicht, schaute auf den

Tisch vor sich, und schüttelte den Kopf. „Wissen Sie, für mich ist das ein hygienisches Problem."

Dann blickte er mit seinen hellen, vorstehenden Augen Abel wieder direkt an. Diese Gemeinheit gegen Lena saß präzise. Laiwand ließ das auf Abel wirken. Gehässig fügte er hinzu: „Und das gilt auch für Herrn Prohaska."

Er drehte halb seinen Kopf zu Jaro und lächelte. „Der braucht keine von denen."

Die Richterin, die sich vor dem aalglatten Zuhälter ekelte, gemahnte zur Sache.

„Die Aussage von Frau Ulmanis liest sich aber anders."

Das war das Stichwort für Frau Seeborn.

„Sie hat sicher eine lebhafte Phantasie."

Süffisant wandte sie sich dem Staatsanwalt zu, der seltsam abwesend auf seinem Stuhl lehnte.

„Gibt's andere Beweise? Irgendetwas Objektives, das gegen meinen Mandanten spricht?"

Jetzt blickten alle auf Billmair.

„Sie ist brutal zusammengeschlagen und vergewaltigt worden. Das hat die Rechtsmedizin festgestellt. – Das sind die Fakten."

Die Anwältin konterte: „Gibt es Beweise, dass mein Mandant der Vergewaltiger ist?"

Abel antwortete gelassen: „Momentan noch nicht. Aber schau'n wir mal."

Frau Seeborn lächelte strahlend die Richterin an.

„Klar, die Herren setzen auf die DNA. Aber die Ergebnisse kommen erst noch." Das Lächeln erstarb, und sie fasste die nervöse junge Richterin ins Auge. „Frau Kollegin, Sie müssen nach der momentanen Beweislage entscheiden." Die Richterin nickte unsicher. „Und momentan lässt sich ein Verdacht auf ein Sexualdelikt ebenso wenig untermauern wie ein Verdacht auf Menschenhandel und Zuhälterei und die anderen Phantasievorwürfe der Staatsanwaltschaft. Da steht dann wohl Aussage gegen Aussage?“

Die Richterin sah zu Billmair, der in seinen Unterlagen blätterte.

„Halten Sie den Antrag auf U-Haft noch aufrecht?“

Billmair rückte unschlüssig an seiner Brille herum.

„Ich denke schon.“

Abel konnte nicht fassen, was da gerade vor sich ging. Sofort sprang er ein. Er wandte sich mit entschiedenem Blick an die Richterin.

„Ja. Der Beschuldigte muss in U-Haft, und zwar zumindest bis das Ergebnis vom DNA-Test vorliegt, der bei Herrn Prohaska genommen wurde. Es besteht erhebliche Fluchtgefahr. Herr Prohsaka hat gute Kontakte und Familie in Tschechien.“

Frau Seeborn wandte energisch ein: „Mein Mandant hat in München einen festen Wohnsitz.“ Mit einem herausfordernden Blick zu Abel fügte sie hinzu: „Und gibt's neuerdings Vorbeugehaft für Ausländer?“

Abel kämpfte weiter. Er berief sich auf Verdunklungsgefahr und die besonderen Haftgründe bei Sexualdelikten.

Vergebens. Die Richterin entschied sich für einen Kompromiss. „Kaution?“

Billmair überlegte kurz, dann nickte er.

„Nein“, sagte Abel, „was glauben Sie, was meiner Mandantin blüht, wenn dieser Mensch hier frei kommt.“

Die Rechtsanwältin Seeborn schnauzte dazwischen: „Ach stellen Sie sich doch nicht so an. Die Staatsanwaltschaft hat es doch abgelehnt, Ihre Mandantin in den Zeugenschutz zu nehmen. Und zwar mit Recht, wenn Sie mich fragen. Seit Monaten wird alles aufgebauscht und jeder Mann aus dem Rotlichtmilieu zum Mafioso stilisiert.“ Die Anwältin redete sich in Rage.

Abel fauchte zurück. „Alles aufgebauscht, wie der Selbstmord der Zeugin im letzten Zuhälterprozess, in dem Sie tätig waren, werte Frau Kollegin.“

Frau Seeborn zeigte Abel die kalte Schulter. Die Richterin blickte hilflos von einer Seite zur anderen, wie ein Zuschauer bei einem Tennismatch.

„Kaution kann gestellt werden, Hohes Gericht“, sagte Frau Seeborn und begann, um die Höhe der Sicherheitsleistung zu feilschen.

Abel verließ angewidert das stickige Zimmer und traf vor der Gittertür auf Annabelle. Sie klappte gerade ihr Handy zusammen. Abel schien als sei sie blass.

„Werde ich nicht gebraucht?“

„Nein, für Billmair bist du eine Zeugin vom Hörensagen.“

„Ach!“

„Er hat es mir vor der zweiten Verhandlungsrunde gesagt.“

„Prohaska kommt raus?“

„Alarmstufe eins.“

„Es gibt noch andere Neuigkeiten. Ich muss aber noch mal telefonieren.“

Abel stand im Schatten, nicht weit vom Eingang der Justizvollzugsanstalt Stadelheim, einem festungsähnlichen Betongebäude, und beobachtete zusammen mit Jane, wie Laiwand und Prohaska als freie Männer das Gericht verließen und sich überschwänglich von Frau Seeborn verabschiedeten. Ein plötzlich aufkommender Wind fegte den Staub der Straße vor sich her und wirbelte die Kleider der Passanten durcheinander. Abel, der neben Jane an der Wand eines Hauses lehnte, legte schützend seine Hand auf den Kaffeebecher aus Styropor, den Jane ihm mitgebracht hatte. Nicht weit davon war Abels Citroen abgestellt, Lena saß zusammengesunken auf dem Beifahrersitz. Daneben stand Annabelle und telefonierte gestikulierend. Abel sah das mit Sorge.

Jane blickte zu ihr herüber, während sie ihren Pferdeschwanz, den der Wind ihr vor die Augen peitschte festhielt. Mitfühlend fragte sie: „Was machen wir jetzt mit Lena?"

Abel stieß sich mit dem Rücken von der Wand ab und schnaubte: „Abwarten. Die Richterin hat den Haftbefehl gegen Kaution und Auflagen nur außer Vollzug gesetzt, bis das Ergebnis des DNA-Tests vorliegt."

Jane echauffierte sich.

„30.000 Euro, die zahlt der doch aus der Portokasse! Und wenn er weg will, dann kümmert es ihn nicht, dass sein Pass bei der Ermittlungsrichterin in der Akte liegt."

Annabelle beendete ihr Telefonat und kam zu Abel herüber. Sie sagte wütend: „Das kann dauern. – Der gynäkologische Abstrich von Lena ist nämlich spurlos verschwunden."

Abel prallte zurück, als hätte Annabelle ihn geschlagen. „Wie bitte?"

„Weg, fort, in Luft aufgelöst ... keine Ahnung. Fritz hat vorhin angerufen. Und ich habe gerade noch mal nachgefragt. Bei uns im Labor ist er nirgends! Er hat alles auf den Kopf stellen lassen."

„Scheiße!" Abel drückte sich selten so drastisch aus. Aber der Fluch kam diesmal von Herzen.

„Ich fahre ins Labor und suche selber."

Jane, die die ganze Zeit über still den Boden gemustert und beobachtet hatte, wie der Wind das Unkraut, das zwischen den Ritzen der Pflastersteine wuchs, beutelte, sagte leise in die entstandene Pause hinein: „Das kann nicht wahr sein."

Billmair kam aus der Tür des Gerichts. Lässig stieg er

die Stufen herunter. Als er das Trio passierte, sagte er anzüglich: „Ein neues Team, so wie es aussieht."

Abel ließ sich gegen die Wand sinken.

Lakonisch bemerkte er: „Wenns der Rechtsfindung dient. – Ihre Naivität verwundert mich, Billmair. Dass eine junge Ermittlungsrichterin Laiwand ernst nimmt, okay, aber Sie?"

Billmair nahm noch ein paar Stufen, dann blieb er stehen und drehte sich um. Er ging nicht auf Abels Spitze ein.

„Wo hält sich Ihre Mandantin eigentlich im Moment auf?"

Abel ließ sich nicht beirren.

„Welche Rolle spielt der Zeuge Laiwand?"

Billmair sah ihn lange an und schwieg.

Abel bohrte weiter: „Schützen Sie diesen Mann, egal um welchen Preis?"

Drohend sagte Billmair: „Vorsicht, Herr Abel, da kann sich ein Anwalt leicht die Finger verbrennen, wenn er Personen wie die Ulmanis versteckt."

Abel antwortete gelassen: „Ich weiß. – Sind wir schon so weit, dass Asyl verfolgt wird?"

Billmair bedachte ihn mit einem kalten Blick, dann ließ er die drei stehen. Er ging an Abels Auto vorbei.

Glücklicherweise war Lena in Deckung gegangen, als sie den Staatsanwalt gesehen hatte. Billmair ging vorüber.

Annabelle und Abel waren sich einig, dass sie das Versteck wechseln mussten. Seit der verschwundenen DNA-Probe konnten sie niemandem mehr trauen. Abel brachte Lena in die Wohnung eines Freundes, der im Urlaub war.

Sie fuhren mit seinem Cabriolet durch München. Gegen alle Gewohnheit, ließ Abel das Verdeck geschlossen, obwohl es wunderbar sonnig war und ein frischer Wind die

Stadt durchlüftete. Lena lehnte nachdenklich an der Scheibe. Sie beobachtete aufmerksam die abendlichen Straßen, die sie nicht kannte, da sie seit ihrer Ankunft in München entweder im Saunaclub eingesperrt oder in Abels Kanzlei versteckt gewesen war.

Sie sprachen nicht, trotzdem war die Stille nicht unangenehm. Die Stimmung schien heiter. Kein Hauch von Gefahr. Lena griff nach seiner Hand, die auf der Gangschaltung lag, Abel schaltete. Lenas Hand blieb auf der seinen. Abel blickte zu ihr hinüber. Ein Lächeln. Einige Minuten fuhren sie schweigend so weiter.

Schließlich kamen sie zu einer Hochhaussiedlung, die typisch für die Außenbezirke von München war. Abel vergewisserte sich, dass ihnen niemand folgte, dann fuhr er in die Tiefgarage. Er parkte den Wagen und wartete noch eine Weile, bis er ausstieg. „So, da sind wir. Das wird dein Zuhause für die nächsten zwei Wochen." Dann öffnete er die Tür.

Lena lächelte unsicher, stieg aus dem Wagen und schloss die Beifahrertür. Sie fuhren mit dem Aufzug in den obersten Stock. Während Abel die Schlüssel aus der Tasche fummelte und umständlich einen nach dem anderen ins Schloss steckte, erzählte er: „Walther ist ein uralter Freund. Wir kennen uns vom Spielen."

„Was spielt Ihr?"

Endlich war die Tür offen, Abel ging als erster in den dahinterliegenden Flur.

„Im Winter Billard, im Sommer Boule. Naja, wenn's regnet auch im Sommer Billard."

„Wer gewinnt?"

Abel drehte sich grinsend zu Lena um. „Ehrlicherweise? Meistens er."

Er warf die Schlüssel auf die Kommode, die im Flur

stand. Lachend nahm er einen Satz Boulekugeln, der dort lag, in die Hand.

„Typisch Walther. Fährt vierzehn Tage nach Südfrankreich und vergisst seine Kugeln."

Lena stand verloren im Flur herum, in der Hand eine kleine Reisetasche, die Abel ihr als Ersatz für die Plastiktüte geschenkt hatte.

„Macht es bestimmt keine Umstände?"

Abel nahm Lena an der Hand und ging voran.

„Seit seine Frau ausgezogen ist, hat er sowieso zwei Zimmer zu viel."

Er öffnete die Tür zu einem eher spartanisch eingerichteten Raum.

„Eins ist jetzt das Gästezimmer."

Lena betrat hinter ihm das Zimmer und sah sich um. Dann setzte sie sich aufs Bett und lächelte Abel unsicher an.

„Ich bin so froh, dass ich irgendwo unterkommen kann."

Sie begann, ihre wenigen Habseligkeiten auszupacken und in dem Zimmer zu verteilen. Abel nahm drei Fünfzig-Euro-Scheine aus seiner Brieftasche und legte sie auf den Tisch. „Damit du nicht ganz ohne Geld bist."

Lena legte langsam ihren Kulturbeutel auf eine Kommode, dann trat sie zum Tisch, betrachtete das Geld und schüttelte leicht den Kopf.

„Ich möchte das nicht nehmen."

„Behalt es bitte. Nur zur Sicherheit. Du musst ja nicht alles ausgeben."

Lena lächelte und legte den Kopf schief. „Sag Lenika zu mir. Das erinnert mich an zu Hause."

Sie nahm das Geld nicht, sondern ging zu Abel und legte ihm die Hände auf die Brust. Sie fuhr mit den Händen am Revers seines Jacketts entlang nach oben zum Hals. Zärtlich blickte sie auf, direkt in Abels Augen. Leise sagte sie: „Danke, dass du mir hilfst."

Sie sah ihn lange an, dann versuchte sie ihn auf den Mund zu küssen. Abel sah ihr Gesicht, ihre Lippen, roch ihre Haare. Lena schloss die Augen. Abel zögerte, dann wich er ihr aus.

„Lenika! Es geht nicht. Du bist so jung, du bist ... ach Mist, du bist außerdem meine Mandantin."

Lena sah ihn verletzt an. Als sie den verlegenen Ausdruck auf Abels Gesicht erkannte, zog sie sich traurig zurück.

„Wenn du mich nicht willst ... Aber irgendwie muss man doch für alles bezahlen."

„Nicht so."

Lena hatte Tränen in den Augen.

„Bezahlen muss jeder. Das sind doch eure Regeln hier in Deutschland?"

So Unrecht hatte sie gar nicht. Abel antwortete behutsam: „Aber nicht immer."

Lena lächelte. „Gerade deswegen ..."

Sie versuchte noch mal Abel zu küssen. Diesmal nicht zärtlich, eher burschikos. Abel drehte schnell seinen Kopf, so dass der Kuss den Mund verfehlte und auf seiner Backe landete. Er lachte. Lena ließ ihre Arme fallen. Sie murmelte: „Liebst du immer noch Annabelle?"

Abel trat einen Schritt auf sie zu. Es tat ihm leid, dass er sie so verletzt hatte.

„Aber nein, Lenika!"

„Oder Jane?"

Abel zog sie an sich und schaute ihr tief in die Augen. Während er ihr die Tränen aus den Augenwinkeln wischte, sagte er lächelnd, ganz nah an ihrem Gesicht: „Es ist ein bisschen kompliziert, aber ..."

Jetzt lächelte auch Lena endlich wieder. Abel sah, wie ihre Pupillen aufleuchteten.

„Hast du also doch keine Frau?"

Ernst blickte Abel sie an: „Nein."

Lena schloss die Augen und näherte ihre Lippen seinem Mund. Abel sah wie hypnotisiert auf ihre Lippen. Sie waren sehr verführerisch. Kurz versuchte er noch daran zu denken, dass sie seine Mandantin war und dass das nur Ärger mit sich bringen würde, dann küsste er sie auf den Mund. Anfangs nur auf die Lippen, spielerisch, dann wurde der Kuss immer tiefer, leidenschaftlicher. Beide umarmten sich heftig. Lena fuhr Abel mit beiden Händen über den Rücken. Er begann vorsichtig ihre Bluse aufzuknöpfen. Als er sie über ihre Schultern streifte, stieß Lena Abel abrupt zurück und wandte sich ab.

Heiser flüsterte sie: „Nein, nicht, ich kann nicht, ich kann das nicht mehr, ohne dass ..."

Abel legte ihr behutsam die Bluse wieder über die Schultern.

„Aber Lenika, das habe ich nicht gewollt."

Leise antwortete sie: „Es ist doch auch nicht deine Schuld."

Lena setzte sich auf das Bett, schlug die Hände vors Gesicht und begann verzweifelt zu weinen. Ihr ganzer Körper bebte. Abel stand verlegen daneben. Er traute sich nicht, sie noch einmal in die Arme zu nehmen.

Annabelle saß in ihrem Büro und dachte nach. Es war schon spät. Draußen war es fast dunkel geworden. Durch die offenen Fenster zog der kühle Wind, der schon den ganzen Nachmittag geweht hatte. Am Horizont konnte man in dem schwarzen Himmel noch gelbliche Schlieren von Sonnenlicht erkennen. Es sollte wieder starke Gewitter geben heute Nacht. Eine unheimliche Stimmung.

Annabelle stand auf. Sie hatte ein seltsames Gefühl. Vielleicht hing es auch nur mit dem Wetter zusammen, aber sie musste mit Billmair reden. Sie wusste, dass er Probleme mit seiner Ehe hatte und daher immer einer der letzten war, der die Staatsanwaltschaft verließ, um möglichst wenig mit seiner Frau zusammenzutreffen. Sie klopfte an seine Tür. Nur von einer kleinen Schreibtischlampe erleuchtet, sah sein Arbeitzimmer riesengroß aus. Billmair verschwand fast hinter dem dunklen Schreibtisch im Schatten. Erstaunt sah er von seinen Papieren auf, in die er vertieft war. Annabelle erkannte, wie müde er war.

Barsch fuhr er sie an: „Was ist jetzt schon wieder los?"

Annabelle kam gleich zur Sache: „Ich will nur wissen, was jetzt mit Lena Ulmanis passiert."

Billmair begann seine Unterlagen in einem Aktenkoffer zusammenzuräumen. Beiläufig ließ er die Bombe platzen: „Ich habe sie definitiv auf die Fahndungsliste für die Abschiebungsfälle gesetzt. Daheim ist sie sicherer als hier. Ich erwähne das nur, damit Sie mich nicht wieder sofort zum Unmenschen stilisieren, Frau Bartosch."

Damit klappte er den Koffer zu und stand auf.

„Aha, Sie geben also zu, dass sie hier in München gefährdet ist?"

Billmair sah Annabelle herausfordernd an. „Sie wissen doch genau, dass nicht jede Form der Gefährdung für das Zeugenschutzprogramm ausreicht."

Annabelle ließ sich auf einen der Besucherstühle vor Billmairs Schreibtisch fallen, obwohl der Staatsanwalt aufbrechen wollte. Auch sie war müde. Viel zu müde. Sie fixierte ein altes Tintenfass, das zusammen mit einem altmodischen Halter für Löschpapier auf dem Schreibtisch vor sich hin staubte. Langsam sagte sie, ohne von der Begutachtung des Fasses aufzusehen:

„Das Todesurteil für Lena."

Billmair schob energisch seinen Stuhl unter den Schreibtisch. Dann bemerkte er kühl, indem er die Lehne des Ledersessels umfasst hielt: „In drei Monaten wird sie wieder bei der Einreise ohne Visum geschnappt oder sie kommt in einem Kofferraum illegal, aber freiwillig über die Grenze. Das alte Lied."

Annabelle sagte mühsam: „Der gynäkologische Abstrich von Lena Ulmanis ist verschwunden."

Billmair zuckte zusammen. „Das wird Folgen für Sie haben", zischte er.

„Wieso, für die Probe ist doch die Rechtsmedizin verantwortlich."

Billmair nahm den Aktenkoffer und löschte die Schreibtischlampe.

„Aber Sie werden sich zu wehren wissen, da Sie ja ein ausgesprochen enges Verhältnis zur Anwaltschaft entwickeln. Gute Nacht, Frau Kollegin."

Damit verschwand er in den neonbeleuchteten Flur und ließ Annabelle in seinem dunklen Arbeitszimmer sitzen. Er sah nicht mehr, wie in Annabelles Augen der Hass aufleuchtete und sie ihren Körper straffte. Dann verließ sie schnell das Zimmer. Ihre Müdigkeit war verflogen.

Lena lag auf dem Bauch. Inzwischen war es völlig dunkel. Die Fenster waren weit geöffnet. Der Wind hatte sich gelegt. Nur gelegentlich rauschten draußen die Blätter in den Pappeln in einer nächtlichen Brise. Es war seltsam ruhig in diesem großen Haus. Ferienzeit. Das Zimmer wurde nur von der kleinen Nachttischlampe erleuchtet. Außerhalb des Lichtkegels saß Abel mit dem Rücken an der Wand, die Knie angezogen, und beobachtete Lena, die vor ihm auf dem Futon lag, das Gesicht auf einer Hand, sie schien zu schlafen. Er sah ihre helle Haut, die klare Linie der Augenbrauen und dass sich, noch fast unmerklich, leichte Linien von den Augenwinkeln ausbreiteten. Die Verletzungen heilten sichtbar. Immer wieder nippte er an seinem Weinglas. Er wurde nicht schlau aus Lena, wollte mehr über sie wissen. Ihre Familie, ihre Freunde, wie sie aufgewachsen war.

Plötzlich begann sie leise und ruhig zu sprechen: „Wolnek hat eine Menge zu sagen. Es gibt zwar noch einen über ihm, aber für Prohaska und Laiwand ist er der Boss. Weil ich die einzige war, die sich geweigert hat, auf den Strich zu gehen, hat er mich kommen lassen, angeschaut, und dann hat er gesagt, dass ich in seinem Haus bleiben muss."

Es dauerte eine Weile, bis Abel antwortete. Nachdenklich drehte er sein Glas, das beschlagen war, in den Händen.

„Der Steuerberater aus Grünwald?"

„Ja."

„Hast du mit ihm geschlafen?"

Lena zögerte. Sie drehte sich auf den Rücken und schaute an die Decke. Ihre Haare lagen wie ein Schleier auf dem Kissen.

„Zuerst nicht."

„Dann aber doch?"

Lena nickte. Dann schloss sie die Augen.

„Gewalt?"

„Nein."

Nach einer Pause fragte Abel tastend weiter. „Bei ihm, da gab es keine ... innere Sperre?"

Lena dreht sich in Abels Richtung. Ernst sah sie ihn an: „Das ist jetzt. Nach der schlimmen Zeit. Nach dem was Jaro mit mir gemacht hat. Verstehst du. Und ich bemühe mich doch, dass ich das alles vergessen kann."

„Was war mit Wolnek?"

„Es ist mir nicht schlecht bei ihm gegangen, und er hat mir am Anfang imponiert. Kleider, Essen, wir sind manchmal zusammen an einem normalen Wochentag über Land gefahren. Nach Andechs. An den Ammersee. Wir waren am Hohen Peißenberg und haben Kaffee getrunken und Kuchen gegessen und auf die Alpen hinüber gesehen. Und in Salzburg. Er hat mir alle möglichen Sachen geschenkt. Den Walkman habe ich immer noch. Ich wäre vielleicht heute noch dort, wenn nicht ..."

Abel hakte nach. „Wenn nicht?"

Lena sammelte sich, bevor sie fortfuhr. „Eines Tages habe ich zufällig gehört, wie er in dem Partykeller seines Hauses den Befehl gegeben hat, ein Mädchen zu töten. – Fila, mit der ich aus Lettland gekommen bin."

Lena starrte wieder an die Decke. Als ob sie dort alles sehen könnte, was ihr im letzten halben Jahr zugestoßen war. Abel kniff die Augen zusammen.

„Mord?"

Wieder nickte Lena wie eine Puppe.

„Am Tag danach war Fila tot."

Lena rollte sich zu einer Kugel zusammen und begann leise zu weinen. Abel sah, wie sehr sie unter der Sache litt.

„Da war Schluss mit diesem Scheiß-Wolnek. Ich hätte nur noch kotzen können, kotzen, kotzen, kotzen. – Aber den wahren Grund sagen, das konnte ich doch nicht. – Und weil ich nicht mehr wollte, hat er mich eine Woche später Prohaska und Laiwand gegeben."

Abel saß immer noch unbeweglich in seiner Ecke und drehte das Glas. Der Wein war inzwischen warm geworden.

„Warum hast du Billmair nichts von dem Mord gesagt?"

Lena antwortete nicht.

„Oder wenigstens Annabelle?"

Lena schwieg weiter. Nach einer längeren Pause murmelte sie ins Bettzeug: „Die sind doch von der Polizei!"

Abel verstand nicht. „Und?"

Wieder zögerte Lena, bevor sie sagte: „Wolnek hat einmal gesagt, dass er jemanden von der Polizei in der Hand hat!"

„Wen?"

„Ich weiss keinen Namen."

Lena setzte sich auf, sah Abel plötzlich mit wildem Blick an. „Was meinst du, geht einem durch den Kopf, wenn du es endlich schaffst abzuhauen und dir klar ist, du musst zur Polizei? Damit sie dich ernst nehmen, *musst* du eine Aussage machen. Aber weiß eine Ausländerin wie ich, mit *wem* sie bei so einem Verhör sprechen muss?"

Wieder traten Tränen in ihre Augen. Sie nagte an ihrer Unterlippe, als sie fortfuhr: „Wann hört das endlich auf?"

Abel beugte sich vor und strich ihr übers Haar.

„Wenn die ganze Mischpoke sitzt. Dann ist Ruhe."

Lena schaute ihm direkt in die Augen.

„Sei ehrlich, glaubst *du* dran?"

„Sicher, sonst würde ich meinen Beruf aufgeben. – Aber glauben heißt nicht wissen."

Lena starrte Abel weiter an.

„Was brauchst du?"

Abel seufzte. „Was es in diesem Verfahren nicht gibt."

„Was?"

„Beweise. Schwarz auf Weiß."

Wolnek hatte Laiwand in den heruntergekommenen Hof einer Reparaturwerkstatt an der Dachauer Straße bestellt. Laiwand hatte den Wagen ein Stück weiter geparkt und war ein paar Meter gelaufen. Es war schon spät. Obwohl die Straße tagsüber stark befahren war, begegnete ihm fast kein Auto. Er hatte die letzte Zigarette aus dem zerknautschten Päckchen genommen und wurde nervös. Es war sehr unwahrscheinlich, dass er in dieser Gegend einen Automaten finden würde.

Laiwand trat auf den unbeleuchteten Hof, der nur unzureichend vom Mondlicht beschienen war. Irgendwo zirpte eine einsame Grille, die bei Laiwands Schritten verstummte. Er fragte sich, wo das Viech in der Gegend wohl herkam. Wolnek war nirgends zu sehen. Unwillig trat Laiwand seine Zigarette aus. Jetzt kam der auch noch zu spät. Er war sowieso schon todmüde nach diesem Tag und dem Theater vor dem Ermittlungsrichter. Er wollte nur noch nach Hause, ein kühles Bad nehmen und sich in seinem neuen Versace-Bademantel einen Porno auf Premiere bestellen. Er hätte sich auch eines von den Mädchen kommen lassen können, aber die Weiber nervten ihn. Er sah sich um. Wo blieben sie denn, oder waren sie schon da?

Laiwand näherte sich einem der kaputten Autos, die vereinzelt auf dem Hof herumstanden. Da trat Wolnek aus dem Schatten, eine Pistole im Anschlag, und zielte auf ihn.

„Laiwand, was hat das Mädchen den Bullen noch alles gesagt?"

Max machte eine beschwichtigende Geste mit den Händen.

„Kaa Panik. Nix Dramatisches, sonst wär i sicher net hier."

Wolnek wurde energischer, er trat einen Schritt auf Laiwand zu und presste ihm die Pistole tief in die Hängebacken.

„Was hat sie über mich gesagt?"

„Nix."

Laiwand sah ihn scheinheilig an.

„Waas die Lena wos?"

Wolnek geriet vollends außer sich. Er fing an mit der Pistole herumzufuchteln. „Warum werden Sie vom Staatsanwalt mit Glacéhandschuhen angefasst, wie mir Frau Seeborn erzählt hat?"

In diesem Augenblick flog Wolneks Pistole im hohen

Bogen davon und schlitterte halb unter das Schrottauto. Laiwand hatte Wolneks Wut ausgenutzt und sie ihm ansatzlos aus der Hand geschlagen. Erleichtert stellte Laiwand fest, dass die beiden Jungs, die bei ihm in der Sauna als Türsteher arbeiteten, Wort gehalten und in einer Ecke des Hofs in der Dunkelheit gewartet hatten, falls er Verstärkung brauchte. Bevor Wolnek sich auf Laiwand stürzen konnte, hatte der ältere der beiden Türsteher ihn an die Rückwand der Werkstatt geknallt und mit dem Arm festgenagelt, während der andere Wolneks Taschen filzte.

Plötzlich tauchte noch ein weiterer Mann auf. Er trug einen leichten, sehr teuren Sommeranzug und altmodische handgefertigte dunkelbraune Schuhe. Mit angewidertem Blick fischte er Wolneks Pistole mit dem Fuß unter dem Auto hervor und kickte sie in Richtung von Laiwands Schergen. Derjenige, der Wolnek nach weiteren Waffen gefilzt hatte, hob sie auf und steckte sie in die ausufernde Tasche seines Armeeparkas.

Laiwand erkannte den Mann im Anzug. Er nannte sich Weber, kam aus Berlin und stand in der Hierarchie noch über Wolnek. Laiwand hatte vor einigen Tagen mit Weber über die Probleme mit Lena und Wolnek gesprochen. Laiwand hatte Weber schon immer bewundert. Er trug die teuersten und besten Anzüge, ohne wie ein Geck zu wirken, sondern wie ein seriöser Geschäftsmann. Laiwand versuchte sich zu kleiden wie er, hatte den richtigen Dreh nur noch nicht raus, wie er einsehen musste. Dass er einfach nicht die Figur und vor allem nicht das Geld für Webers Anzüge hatte, war ihm noch nicht klar geworden. Weber war acht Jahre jünger als Laiwand und kontrollierte nicht nur in Berlin und München die Geschäfte rund um die Prostitution. Nach außen gab sich Weber als Unternehmensberater.

Laiwand ordnete seine Kleidung. Verblüfft stieß Wolnek,

der immer noch von dem Türsteher in Schach gehalten wurde, hervor: „Herr Weber?"

Der erwiderte sehr gelassen: „Was weiß die Kleine, Herr Wolnek?"

Wolnek ließ sich nicht einschüchtern.

„Nichts, die Beziehung war privat."

Webers Gesicht blieb undurchdringlich.

„Man muss Geschäft und Privates gut auseinanderhalten, Herr Wolnek." Er starrte Wolnek eine Weile an, dann nickte er. „Wir wünschen uns, dass es keine Komplikationen gibt und dass sie ab jetzt wieder Ihren Pflichten nachgehen, mein Lieber. Das gilt auch für das Ecstasygeschäft, selbst wenn Ihre Tochter damit schlechte Erfahrungen gemacht hat. Wie gesagt, lassen Sie uns Privates und das Geschäft präzise auseinanderhalten."

Auf einen Wink des Mannes wurde Wolnek losgelassen.

„Sie können jetzt gehen, Herr Wolnek."

Wolnek verschwand eilig vom Hof. Man hörte, wie er den Wagen startete und davonfuhr.

Weber bemerkte zu Laiwand im selben sachlichen Ton, in dem er mit Wolnek gesprochen hatte: „Ich glaube nicht, dass es wegen dem Sex mit der Kleinen ein Problem gibt. Herrn Wolnek ist ein Fehler unterlaufen. Mag sein. Aber das Mädchen hat seinen Namen nicht genannt."

„Woher wissen Sie das?"

„Von Ihnen und Herrn Prohaska. Wie geht es ihm?"

„Schlecht. Schmerzen."

„Das vergeht. Was halten Sie persönlich von Wolnek?"

Laiwand antwortete grinsend: „Als Buchhalter ist er ein guter Mann."

„Als Liebhaber anscheinend weniger", Weber lächelte spöttisch. „Sonst hätte ihn die Kleine doch nicht verlassen ... ich meine bei dem Geld, das er in sie investiert hat."

„Und die Gefühle!“, setzte Laiwand hinzu.

Laiwand wurde Weber zu vertraulich. Er wechselte das Thema: „Herr Laiwand, was hat Wolnek damit sagen wollen, dass er sich wundert, dass Sie von der Staatsanwaltschaft so sanft angefasst werden?“

Wieder grinste Laiwand.

„Nix. I bin clever, des stinkt ihm.“

Weber lächelte leicht, dann machte er auf dem Absatz kehrt und verschwand vom Hof.

Dienstag, 19. Juli

Abel wachte auf. Er lag auf dem Futon in der Wohnung seines Freundes. Er hatte unruhig geschlafen und heftig geträumt, nur konnte er sich an keinen der Träume mehr erinnern. Das einzige, was blieb, war ein ungutes, bedrückendes Gefühl. Abel hatte Durst. Er wälzte sich auf die Seite. Lena lag nicht mehr neben ihm. Schlagartig war Abel hellwach. Die Realität hatte ihn wieder. Er fuhr hoch. Vielleicht war sie im Bad. Er rief halblaut nach ihr:

„Lena? Lena?"

Keine Antwort. Abel blickte sich um, dann sah er den Zettel auf dem Nachttisch:

Verzeih mir!
Lenika

Beunruhigt ließ Abel den Zettel sinken, sprang aus dem Bett und zog sich an.

Nach kurzer Fahrt kam Abel im Büro an. Er sah nicht sehr gut aus. Er trug dasselbe T-Shirt, in dem er heute Nacht geschlafen hatte, und war unrasiert. Jane sortierte schon die Gerichtspost. Sie schaute auf, als Abel zur Tür hereinkam. Als sie sein Gesicht sah, war ihr klar, dass etwas passiert sein musste.

„Wo ist Lena?"

Abel antwortete grimmig: „Das bekomme ich raus."

Jane schaute irritiert, während Abel im Bad verschwand, um sich zu rasieren. Er sah sich im Spiegel. Sein Bart wurde langsam grau. Er musste endlich mal zwei Wochen in den Urlaub fahren. Erholung könnte wenigstens seine Haut straffen und bräunen.

Abel zog sein verschwitztes T-Shirt aus und stopfte es in den Wäschekorb. Während er den Rasierschaum auftrug, rief er Jane zu: „Babyjane, such mir bitte die Büroadresse von einem gewissen Ulf Wolnek raus. Steuerberater, Grünwald."

Jane, die unwillig die Stirn runzelte, da sie Abels Brüllerei nicht leiden konnte, kramte in ihrer Schublade, fand das Telefonbuch und blätterte darin herum. Dann brüllte sie zurück: „Lena wird mit Haftbefehl zur Abschiebung gesucht."

Mit dünnem Lächeln murmelte Abel in seinen verschwindenden Bart: „Verkehrte Welt." Lauter rief er: „Weiß ich von Annabelle. Das ist eine solche Schweinerei von Billmair ..."

Jane rief: „Was?"

„Ich weiß, dass sie auf der Liste steht", dröhnte es aus dem Bad.

Jane insistierte: „Jean, irgendwann geht das Mädchen der Polizei ins Netz. *Du* kannst ihr doch keine Zukunft geben."

„Ich muss sie erst mal finden. – Und wer redet denn von Zukunft? Ich fürchte, dass sie jetzt eine Dummheit begeht."

Jane war fündig geworden. „Wolnek, Ulf, Steuerberater, Pasing, Richterstraße 22. Suchst du den?"

„Genau." Abel trocknete sich ab.

„Die Kleine braucht doch keinen Steuerberater." Jane war verwirrt.

Abel warf das Handtuch in die Ecke und kam aus dem Bad.

„Du hast Recht – und den schon gar nicht."

Laiwand traf sich mit Oberstaatsanwalt Billmair alleine auf einem Feldweg außerhalb der Stadt, auf halber Strecke zum

Starnberger See. Es regnete wie aus Kübeln. Obwohl nicht allzu weit ein Feld mit Gladiolen zum Selbstpflücken lag, waren sie weit und breit die einzigen Lebewesen. Außer einer Krähe, die einen nassen Maiskolben zerpflückte und von Zeit zu Zeit wütend aufschrie, wenn sie die Körner mit dem Schnabel nicht erreichte. Laiwand hatte Bericht über das gestrige Zusammentreffen mit Weber und Wolnek erstattet.

„Der Wolnek will beim Ecstasy net so wie der Weber, weil dem Wolnek saa Tochter aus erster Ehe davon Halluzinationen gekriegt hat und jetzt in der Psychiatrischen liegt. Doch die Serben pfeifen auf die Sensibilität vom Wolnek. Die Kasse muss stimmen."

„Wieso Serben?"

„Der Weber heißt eigentlich Pasic. Gastarbeiterkind, deswegen spricht der so an einwandfreies Deutsch. Aber die Hauptgeschäfte laufen über Belgrad."

Billmair wollte zu einer Frage ansetzen. Laiwand hob sofort abwehrend beide Hände. „Frogens mi net, wer dort die Fäden zieht."

Billmair nickte. Er war nervös wie ein Jagdhund, der eine Spur gefunden hatte. „So wie es aussieht, könnten Sie also über kurz oder lang an Wolneks Stelle treten?"

„Der muss so schnell wie möglich weg." Unbewusst sprach er jetzt wieder Hochdeutsch.

Billmair schimpfte leise. Sein Schirm hatte ein kleines Loch und langsam aber stetig tropfte ihm Regenwasser auf den Kopf. Aber dann war er sofort wieder bei der Sache: „Traut Weber Ihnen die Buchhaltung zu?"

„Zählen hab ich in der Schule gelernt", erwiderte Laiwand selbstbewusst und beobachtete grinsend, wie der Staatsanwalt die Tropfen, die über seine Stirn rannen, zu ignorieren versuchte. Laiwand, der eine altmodische, in Auflösung begriffene Schiebermütze trug, schien das Wetter nichts auszumachen. Bitter dachte Billmair, dass Laiwand wohl mehr Erfahrung in konspirativen Treffen im Freien habe als er selbst. Laut sagte er:

„Wie lange wird es dauern?"

„Weber setzt auf mich, aber Wolnek ist zäh."

Laiwand versuchte, sich eine Zigarette anzuzünden, ohne das Papier zu durchnässen. Billmair fror.

„Am besten wir stellen Wolnek ein Bein", schlug Laiwand vor.

„Ich habe nichts in der Hand gegen Wolnek, wenn man davon absieht, dass ich Sie als Zeugen ins Rennen schicken könnte. Aber dann können wir Ihre Karriere vergessen. Und ich will alle, nicht nur Wolnek, ich will Weber und ..." Billmairs Augen bekamen etwas Träumerisches. „Dann suchen wir uns Verbündete in Belgrad. Ich kenne dort eine Kollegin, die war sechs Monate nach Den Haag ans Kriegsverbrechertribunal abgeordnet."

Laiwand grinste, während er schützend seine Hände um die Flamme legte und einen tiefen Zug nahm.

„Wir rollen die Serben auf! Genau!"

Billmair missfiel der Ton, wie Laiwand das sagte.

„Warum schnappen Sie Wolnek nicht einfach? Mir hilft es beim Weber aus Berlin schon weiter, wenn Wolnek von der Polizei mal richtig aufgemischt wird. Bei uns in Wien im Sicherheitsbüro ist so was gang und gebe!"

Abschätzig wurde er von Billmair gemustert.

„Sie und Ihr Sicherheitsbüro!"

Laiwand grinste wieder.

„Viel besser als sein Ruf. Oder hätten Sie mich sonst dort angefordert?"

Billmair schaute schräg. Ihm ging der unverschämte Wiener langsam auf die Nerven.

„Wenn ich Wolnek auch wieder laufen lassen muss, dann kann ich erst mal für eine ganze Zeit einpacken."

„Das Leben is a aanzigs Risiko, Herr Kollege. I muass."

Laiwand ließ den Staatsanwalt stehen und stieg, sich schon wieder eine Zigarette anzündend, die Böschung hoch. Nach ein paar Schritten drehte er sich noch mal zu Billmair um. Kurzatmig holte er Luft.

„Wer von euch hat denn den Prohaska so hergerichtet?"

„Das waren doch Sie."

„Ehrenwort net! Den Prohaska brauch i nimmer. Den könnts ihr euch am Flughafen greifen, weil er doch net ausreisen darf laut Ermittlungsrichterin. Wolnek hat gesagt, er soll heut die Air France nehmen, ich nehm' mal an Richtung Paris." Kopfschüttelnd drehte er sich um und stieg weiter den Hang hoch. „Paris is eh kaa Pflaster für so an Buam aus Pilsen."

Abel kam vor Wolneks Büro an und parkte auf dem Mandantenparkplatz. Schmitz war beleidigt bei Jane geblieben. Erst hatte er allein die Nacht verbracht und jetzt durfte er schon wieder nicht mit. Abel musste lachen, wenn er an Schmitz eingeschnappten Gesichtsausdruck dachte, als er ihn an der Tür zurückgeschickt hatte. Ohne Abel eines weiteren Blickes zu würdigen, hatte er sich unter Janes Tisch zusammengerollt, wo er aus Angst vor den Rollen an Janes Schreibtischstuhl normalerweise nie lag.

Abel wurde wieder ernst. Jetzt ging es um Lena. Energisch stieg er aus seinem Wagen und rannte durch den Regen zur Tür. Am Empfang saß die Sekretärin. Sie war jung und hübsch und auffällig bunt gekleidet. Wahrscheinlich wollte sie mit dem geblümten Top den Sommer zurückbeschwören und den Regen vertreiben.

Abel verlangte Wolnek zu sprechen. Doch das Sauwetter

hatte wohl auch die Laune der Empfangsdame verdorben. Mit verkniffenem Mund sagte sie, ohne von ihren Unterlagen aufzusehen: „Ohne Voranmeldung von mindestens drei Wochen, kann Sie Herr Wolnek nicht empfangen. Es tut mir leid."

Abel strahlte sie an: „Mir auch."

Mit schnellen Schritten war er an der Tür und riss sie auf. Hinter sich hörte er die Sekretärin rufen, während gleichzeitig die Türglocke klingelte: „Ich sagte doch, Sie können da nicht rein."

Sofort war Abel klar, warum die Sekretärin so schlechte Laune hatte. Mitten im Büro standen Wolnek und Lena. Lena redete intensiv auf Wolnek ein. Sie stand sehr nahe vor ihm, hatte ihre Hände flach unter das Revers seines Jacketts geschoben und schaute ihn von unten her an. Wolneks rechte Hand ruhte auf ihrer Hüfte. Beide fuhren herum, als Abel die Tür aufriss.

Nach dem ersten Schreck schnauzte Wolnek Abel wütend an: „Was fällt Ihnen ein, wer sind Sie?"

Abel wies auf Lena.

„Fragen Sie sie."

In dem Moment kam Annabelle, zur Eingangstür herein. Hinter ihr drei Streifenbeamte und zwei Zivilpolizisten, darunter Fritz. Annabelle hielt der verwirrten Sekretärin wortlos ihre Plastikkarte unter die Nase. „Kripo München, bleiben Sie bitte auf Ihrem Platz und telefonieren Sie mit niemandem."

Dann eilte sie resolut zu Wolneks Büro und trat ebenfalls ein. Lena stand wie angewurzelt immer noch mitten im Zimmer und hatte die Hände unter Wolneks Aufschlägen. Sie hatte seit Abels Eintreffen noch kein Wort gesagt. Jetzt war sogar Abel überrascht, als er Annabelle mit ihrer Armee ins Zimmer treten sah.

„Hoppla!“

Annabelle kommentierte gar nichts. Sie drehte sich zu Fritz um und wies ihn an: „Mitnehmen.“

„Auch den Abel?“

„Nein“, sagte Abel.

„Quatsch“, sagte Annabelle.

Wolnek erholte sich schnell und forderte einen Anwalt. Kühl wies Annabelle die Sekretärin an, den Anwalt des Hauses zu verständigen und ins Präsidium zu schicken. Dann ließ sie Lena und Wolnek abführen. Abel hatte alles beobachtet ohne zu widersprechen.

Lena und Wolnek wurden getrennt zu zwei Polizeiwagen geführt. Beide trugen Handfesseln. Abel trat mit Annabelle vor die Tür. Zum Schutz vor dem Regen blieben sie unter dem Vordach auf der auslandenden Treppe stehen. Abel senkte den Blick, als Lena beim Einsteigen in das Polizeiauto zu ihm her schaute. Enttäuschung stand ihm ins Gesicht geschrieben. Annabelle bemerkte seinen traurigen Gesichtsausdruck. Leise sagte sie: „Schade eigentlich.“

„Ja.“

„Soll ich einen neuen Anwalt für Lena suchen?“

„Ich mache meine Arbeit auch dann zu Ende, wenn es mir persönlich stinkt.“

Damit rannte er zu seinem Citroen und hörte nicht mehr, wie Annabelle zärtlich sagte: „Und genau dafür mag ich dich so gern.“

Abel war Lena aufs Präsidium in die Ettstraße gefolgt. Während er wartete, bis die Formalitäten erledigt waren, ließ er sich aus einem Automaten im Flur ein trockenes Sandwich und einen Kaffee heraus und frühstückte. Das Sandwich schmeckte nach Pappe, der Kaffee war dafür erstaunlich gut. Jetzt saß er im Vernehmungsraum an einem Tisch und blickte schweigend aus dem Fenster in den tristen Sommertag. Der heftige Regen hatte Blätter von den Bäumen geschlagen. Sie klebten jetzt auf dem Asphalt.

Nach einer halben Stunde wurde Lena hereingeführt. Abel stand auf. Sie trat zu ihm und legte ihm die Hände aufs Revers. Abel schob sie weg. Unvermittelt schrie Lena ihn an: „Ja, jetzt meinst du, dass du ein fertiges Urteil über Lena Ulmanis hast."

Der Beamte, der Lena hereingeführt und irritiert die zärtliche Geste bemerkt hatte, schloss verschreckt die Tür.

Abel wurde wütend. Er knurrte: „Nein, verdammt noch mal. Behalte nur in Zukunft einfach deine Finger bei dir, wenn wir miteinander zu tun haben, Lena."

Lena drehte sich abrupt von ihm weg.

Leise sagte sie: „Wenn man so alleine ist in diesem Land, wenn man so auf die Schnauze geflogen ist, vergewaltigt, verkotzt, was weiß ich ... Selbst dann hat man noch Träume. Und ich habe angefangen von einem Mann zu träumen, nicht nur weil er hilfsbereit und verständnisvoll ist ..." Sie lächelte traurig. „... und gut kocht. Sondern auch weil er stark ist und was zu sagen hat. Ohne dich wäre ich vielleicht schon auf dem Weg zu Arkadi."

Abel spürte, dass sie die Wahrheit sagte. Aber was verdammt noch mal war mit diesem Wolnek?

„Das ist mein Job. Das mit den Gefühlen ist eine andere Sache." Er lächelte bitter. „Deswegen war es ja gut, dass du zurück in Wolneks Arme gelaufen bist."

Lena sammelte sich nach diesem Hieb. Dann sagte sie in geschäftigem Ton, während sie ihre Haare neu zurückband: „Ich habe bei Wolnek eine Liste mit Abrechnungen gestohlen, das einzig Schriftliche über diese Geschäfte, was ich je bei Wolnek gesehen habe."

Abel streckte die Hand fordernd aus.

„Im Auto …“

In dem Moment klopfte die Justizbeamtin, die Lena abholen sollte, und führte sie hinaus. Abel beobachtete den Vorgang emotionslos und verabschiedete sich nicht. Auch Lena sagte kein Wort. Billmair trat ein, als Lena weggeführt wurde.

Vorsichtig sagte er: „Mir wäre es recht, wenn Sie hier und jetzt den Fall Ulmanis abgeben würden.“

Abel stutzte. „Wieso?“

Kühl fuhr Billmair fort: „Es könnte erhebliche Schwierigkeiten geben.“

Wütend schnauzte Abel zurück: „Welche?“

„Dem gehen Sie am sichersten aus dem Weg, wenn Sie das Mandat niederlegen.“

Wortlos ging Abel aus dem Zimmer.

Auf dem Hof des Polizeipräsidiums war der Wagen abgestellt, mit dem Lena bei ihrer Festnahme abgeholt worden war. Annabelle zog sich Gummihandschuhe über, dann tastete sie mit der flachen Hand in die Spalte hinter der Rückbank. Abel stand vor dem Auto und beobachtete sie. Annabelle ertastete ganz weit unten ein Blatt Papier. Vorsichtig fischte sie danach und zog es behutsam heraus, um es nicht zu zerreißen. Es war ein mehrfach gefaltetes DIN-A-4 Blatt. Annabelle faltete es auseinander.

„Hier! Das dürfte die Liste sein, die sie versteckt hat.“

Sie hielt Abel einen Computerausdruck aus einer der vielen Datev-Datenbanken, wie sie die Steuerberater benutzen, unter die Nase, auf dem jemand zusätzlich mit rotem Stift Ziffern und Zahlen vermerkt hatte. Annabelle steckte die Liste in eine Plastikhülle und musterte das Beweisstück.

Abel bemerkte: „Ich vermute mal, die handschriftlichen

Abkürzungen hier stehen für die wahren Verwendungszwecke der Gelder."

Abel ließ sich eine Kopie der Liste machen. Er wollte nach Hause. Musste erst mal über die ganze Situation nachdenken und eine neue Einstellung zu Lena Ulmanis finden. Insbesondere musste er sich selbst klar werden, was er für das Mädchen empfand. Kurz nachdem Abel das Gericht verlassen hatte, wurde er von Billmair eingeholt.

Beide gingen auf dem Weg zum Parkplatz ein Stück nebeneinander her, ohne etwas zu sagen. Dann begann Billmair mit drohendem Unterton: „Abel, überziehen Sie nicht. Sie sind bei der Anwaltskammer nicht sehr gut angeschrieben."

Abel, der mit versteinertem Gesicht neben Billmair hergegangen war, blieb stehen. Hart entgegnete er: „Warum rennen Sie mir hinterher und lassen mich nicht einfach wegen Zeugenbeeinflussung oder Begünstigung oder sonst irgendeinem juristischen Hirngespinst verhaften?"

Abel konnte an Billmairs Gesicht erkennen, dass er einen wunden Punkt getroffen hatte. Billmair hatte nur auf den Busch geklopft, um Abel zu beeindrucken. Abel fragte nachdrücklich: „Wissen *Sie*, wo der gynäkologische Abstrich von Frau Ulmanis geblieben ist?"

Billmair grinste. Er hatte sich schnell wieder gefangen. „Wir haben vor einer Stunde das Resultat vom BKA bekommen. Sie verstehen, dass ich angesichts der Bedeutung des Verfahrens nicht den normalen Weg gegangen bin."

Das hatte Abel nicht erwartet. „Und?"

Nonchalant erwiderte Billmair: „Es steht jetzt eindeutig fest, dass Prohaska Frau Ulmanis vergewaltigt hat. Er wollte sich via Paris aus dem Staub machen, nun sitzt er seit heute Mittag."

Billmair kostete seinen Triumph aus und weidete sich an Abels ungläubigem Blick.

Der sagte wütend: „Und warum haben Sie versucht, Frau Bartosch in die Schuhe zu schieben, dass die DNA-Probe verschwunden ist?"

War Billmair unsicher? Jedenfalls dauerte es einen Augenblick, bevor er antwortete: „Ich habe lediglich festgestellt, dass das Folgen haben wird."

Abel knurrte: „Wenn ich nicht selbst Jurist wäre ..."

Billmair grinste.

„Prohaska ist doch nur ein Bauernopfer."

„Kommen Sie, Abel!"

Abel blieb stur. „Dieser Wiener Zuhälter, Max Laiwand, ist Ihr Problem. Ein Mann auf dem Weg nach oben, dessen Kreise man nicht stören darf. Sie ahnen, dass ich die Situation durchschaue, deswegen wollen Sie mich draußen haben."

Diesmal schwieg Billmair.

Abel fasste nach. „Ich habe Laiwands Stimme erkannt, Herr Billmair."

„Wann?"

Ein Kollege von der Staatsanwaltschaft kam vorbei und wunderte sich, warum der Kollege Billmair so verkrampft auf dem Kiesweg stand. Dann erkannte er Abel und ihm wurde alles klar. Mit dem Anwalt hatte er sich auch schon herumschlagen müssen. Wenn der sich was in den Kopf gesetzt hatte, ließ er nicht mehr locker. Mitfühlend grüßte er Billmair, der unterkühlt zurückgrüßte und Abel ein Stück beiseite zog.

Abel grinste, denn er hatte wohl ins Schwarze getroffen.

„Als Laiwand in unserem letzten Verfahren hinter dem Sichtschirm ausgesagt hat. Als verdeckter Ermittler! Er versucht seinen Wiener Akzent zu unterdrücken – aber wenn man genau hinhört ..."

Billmair versuchte zu retten, was noch zu retten war. Laut ging er Abel an. „Das war nicht Laiwand!“

Billmair ging weiter. Er ärgerte sich über sich selber. Er konnte es sich nicht leisten, direkt vor dem Polizeipräsidium einen Streit mit einem allseits bekannten Anwalt vom Zaun zu brechen. Diesmal war es an Abel, ihm zu folgen. Er hatte Billmair, wo er ihn haben wollte.

Lauernd fragte er: „Dann haben Sie sicher nichts dagegen, dass ich Laiwand im Prozess gegen Wolnek als Zeuge laden lasse. Da *muss* er die Wahrheit sagen. Und zwar offen und ohne Sichtschirm.“

Billmair überlegte fieberhaft. Ein plötzlicher Stimmungsumschwung ließ ihn wiederum anhalten. Wütend sagte er: „Was interessiert Sie denn bloss an diesem Laiwand?“

„Ich will wissen, wie hinter den Kulissen der Justiz die Spielchen ablaufen, in denen ein Schicksal wie das von Natascha Kruwkova oder Lena Ulmanis völlig unwichtig ist. – Haben Sie sich vor lauter Gier nach den Bossen eigentlich schon mal überlegt, was hätte passieren können, weil Sie meine Mandantin nicht ins Zeugenschutzprogramm genommen haben? Fühlen Sie sich nicht mitschuldig am Selbstmord der Zeugin Kruwkova?“

Abschätzig äffte Billmair Abel nach.

„Wenn, wenn, wenn ...“

Jetzt wurde Abel wütend.

Er brüllte: „Ja, wenn ich Frau Ulmanis nicht Unterschlupf angeboten hätte ... Und da soll ich aussteigen, das Mandat hinwerfen, bloß weil mir ein karrieregeiler Paragraphenrambo mit der Anwaltskammer droht?“

Billmair fauchte: „Haben Sie den Mumm und geben mir schriftlich, was Sie gerade gesagt haben?“

Abel zog einen Bleistiftstummel aus der Tasche und einen Strafzettel, auf dessen Rückseite er notierte: „Ich habe soeben Herrn Oberstaatsanwalt Billmair einen karrieregeilen Paragraphenrambo genannt."

Er reichte Billmair den Zettel mit der Bemerkung: „Falls Sie mich deswegen verklagen, kommt alles zur Sprache. Das ist keine Drohung, lediglich eine Feststellung, Herr Kollege."

Billmair wiegelte überraschend ab.

„Okay, machen wir einen Deal. Ich nehme Ihre Mandantin in den Zeugenschutz und Sie thematisieren den Fall Laiwand nicht."

„Sie wissen nicht, wie mir das stinkt. Da müssen Sie noch was drauflegen."

Zynisch lächelnd fuhr Billmair fort: „Stellen Sie sich bloß nicht so an, es ist für einen guten Zweck.

Billmair riss den Strafzettel einmal in der Mitte auseinander. Er hielt ihn Abel unter die Nase. „Wissen Sie wie die Kammer entscheidet?"

Abel entgegnete kühl: „Aber ich will einen schriftlichen Bescheid für meine Mandantin und dass sie noch heute aus der Abschiebehaft entlassen wird."

Billmair nickte. Abel rauschte davon. Billmair sah ihm nachdenklich nach.

Auf einem leeren Parkdeck der Messe München standen sich Weber und Laiwand gegenüber. Beide hatten ihre teuren Autos so geparkt, dass sie gegen eventuell einfahrende Fahrzeuge sichtgeschützt standen. Eine Störung war aber eher unwahrscheinlich. Momentan war Messepause. Ferien. Ruhe in Daglfing. Und sie standen auf dem obersten Parkdeck des am weitesten entfernten Parkhauses. Über ihnen rasten die Wolken am Himmel, der abwechselnd grau und blau war. Trotzdem konnte der an sich kühlende Wind nichts gegen die sich wieder aufbauende Schwüle bewirken.

Max verhandelte selbstsicher mit Weber über seine Beförderung. Wolnek war endgültig über die Defizite im Extacy-Geschäft gestolpert. Laiwand war nun die Person, die dem Buchhalter von München vorgesetzt war.

Laiwand hatte Weber so weit, dass er gerade dabei war, ihm die neuen Aufgabenbereiche zu erklären: „Ich will alle Marktsegmente optimal abgedeckt sehen. Den Fahrzeugimport, die Dienstleistung im Erotiksektor und das Ecstasygeschäft."

Max nickte.

Laiwand sagte: „Lassen Sie uns über die Finanzen reden."

Zufrieden grinste er Weber an. Langsam begannen sich seine Mühen auszuzahlen.

Annabelle verließ mit Lena das Gefängnis. Die Kommissarin hatte sich anfangs gefreut, als sie von Billmair beauftragt wurde, sofort die Abschiebehaft zu beenden und Lena Ulmanis ins Zeugenschutzprogramm aufzunehmen. Aber nach längerem Nachdenken war sie ausgesprochen skeptisch. Irgendetwas braute sich zusammen. Billmair spielte mit falschen Karten und Laiwand eine große Rolle in dem Spiel. Als die Formalitäten erledigt waren, war es bereits dunkel. Sie hatten Glück gehabt, dass alles ohne Schwierigkeiten verlaufen war, sonst hätte Lena die Nacht im Gefängnis verbringen müssen. Und das war nicht gerade der sicherste Ort. Die Arme der Bosse reichten weit.

Abel lehnte an seinem Auto auf dem Parkplatz und wartete. Hinten saß Schmitz und hechelte. Seine heraushängende Zunge lag fast auf dem Sitz. Lenas Herz machte einen Sprung. Sie konnte Abel noch einmal sehen, bevor sie von den Leuten vom Zeugenschutzprogramm weggebracht wurde. Anscheinend hatte er verstanden, warum sie zu Wolnek gegangen war. Das war ein wunderbares Gefühl.

Schnell trat sie auf Abel zu. Lange sah sie ihn an, dann gab sie ihm einen Kuss. Abel küsste sie zurück. Schmitz bellte und wedelte mit dem Schwanz. Lena lachte und streichelte dem eifersüchtigen Hund über den Kopf.

„Wir müssen uns eilen", sagte Annabelle und führte Lena zu einem wartenden Zivilwagen.

Abel rief: „Moment, ich habe noch eine Frage." Doch Lena winkte nur, dann stieg sie ein. Es schien, als wären weitere Worte überflüssig.

Als sie weggefahren waren, faltete Abel die mysteriöse Liste auseinander und begann sie zu studieren, während er zu seinem Wagen ging.

Mittwoch, 9. November

An einem Mittwoch begann der Prozess gegen Ulf Wolnek. Da eine Zeugenschutzsache mit im Spiel war, waren die sonst üblichen Formalitäten abgekürzt worden. Die Sitzung fand vor der großen Strafkammer statt. Drei Berufsrichter in Roben hatten auf der Richterbank Platz genommen, daneben zwei Schöffen. Abel saß wieder als Nebenklägervertreter beim Billmair. Auf der Anklagebank Wolnek. Auch er hatte auf die verlässlichen Dienste von Frau Seeborn zurückgegriffen. Der Saal war, wie bei solchen Verfahren üblich, nur sehr spärlich gefüllt: Zwei Hausfrauen, ein Obdachloser und ein Rentner, der genau über die Verhandlung Buch führte. Außerdem eine Riege Referendare, die gerade erst den Dienst angetreten hatten und eher gelangweilt als interessiert die letzten Reihen belegten. Billmair stand an seinem Pult und verlas die Anklageschrift. Am Ende zählte er die Delikte auf, die dem Angeklagten zur Last gelegt wurden: „Mord, Bildung einer kriminellen Vereinigung, Anstiftung zum Menschenhandel und zur Freiheitsberaubung. Als im Vergleich dazu unwesentliche Nebentat habe ich eingestellt: Steuerhinterziehung, Delikte nach dem Betäubungsmittelgesetz, Anstiftung zu Autoschiebereien und, und, und."

Frau Seeborn stand auf.

„Nichts als ein gigantisches Lügengebäude, Hohes Gericht."

Der Vorsitzende Richter von Arnheim ließ sich davon nicht beeindrucken und befahl dem Gerichtsdiener: „Führen Sie die Zeugin aus dem Schutzprogramm herein."

Lenas Name sollte während der ganzen Verhandlung nicht genannt werden, um ihre Identität zu schützen. Abel stand auf und ging vor zum Richterpult. Engagiert wandte er sich an den Vorsitzenden.

„Hohes Gericht, ich beantrage einen Sichtschutz für meine Mandantin. Ich muss darauf bestehen. Beim letzten Verfahren hat es einen Selbstmord einer Zeugin gegeben, da sie den Druck nicht mehr ausgehalten hatte, der von allen Seiten auf sie ausgeübt worden war, weil ihre Identität preisgegeben wurde."

Von Arnheim, ein distinguierter älterer Herr, ein alter Hase, sah mit fragendem Blick Staatsanwalt Billmair an. Der zuckte mit den Schultern.

„Die technischen Vorrichtungen für eine verdeckte Zeugenvernehmung sind vorhanden. Von meiner Seite spricht nichts dagegen."

Abel und Billmair tauschten Blicke. Die Zustimmung der Staatsanwaltschaft war Teil des nicht schriftlichen Deals zwischen ihnen. Doch da spritzte die Verteidigerin auf, ging vor zur Richterbank und stellte sich neben Abel.

„Soweit ich informiert bin, hat die damalige Zeugin Kruwkova nichts hinterlassen, was darauf hindeutet, dass die offene Vernehmung Ursache für den Freitod war."

Abel zog seine rechte Braue hoch, was ihm ein gewisses diabolisches Aussehen verlieh. Er wandte sich an seine Kollegin.

„Es gab keinen anderen Grund für den Selbstmord."

Frau Dr. Seeborn gab sich so schnell noch nicht geschlagen. Sie wandte sich dem Vorsitzenden Richter zu.

„Außerdem kennt der Angeklagte die Zeugin sehr gut. Wozu soll sie versteckt werden? Das mag bei einem verdeckten Ermittler anders sein, dessen Identität nicht gelüftet werden darf."

Abel kämpfte weiter: „Frau *Dr.* Seeborn, die Zeugin hat neben einem neuen Namen auch ein völlig verändertes Aussehen. Es kann ihr nicht zugemutet werden, einen Teil ihrer neuen Identität preiszugeben."

Wieder schaute Frau Seeborn auffordernd das Hohe Gericht an. Abel fragte sich, warum sie es stets darauf anlegte, die Mädchen zu gefährden. Bloß wegen taktischer Vorteile bei der Vernehmung? Um sie besser einschüchtern zu können? Von Arnheim entschied: „Die Kammer wird sich zur Beratung zurückziehen."

Damit stand er auf und verließ mit den anderen Richtern und Schöffen den Sitzungssaal. Frau Seeborn warf Abel einen triumphierenden Blick zu. Abel ging gelassen zu seinem Platz und setzte sich. Nach einigen Minuten kamen die Richter zurück. Der Vorsitzende verkündete, dass die Zeugin hinter einem Sichtschutz vernommen werden würde.

Wer zuletzt lacht, dachte Abel, aber weil der Schluss der Verhandlung noch nicht abzusehen war, verkniff er sich ein triumphales Grinsen.

Nachdem der Schirm von zwei Justizbeamten aufgebaut worden war, wurde Lena durch eine Seitentür hereingerufen. Der Vorsitzende Richter führte die Befragung. Lena antwortete präzise und überlegt auf die Fragen, die ihr gestellt wurden. Trotzdem konnte man hören, wie aufgeregt sie war. Ihre Stimme zitterte und zuweilen verhaspelte sie sich. Der Vorsitzende fragte Lena nach ihrer Beziehung zu dem Angeklagten. Lena berichtete, wie sie anfangs gut behandelt wurde, wie sie dann aber, als sie sich nach dem Mord an Fila weigerte, weiter mit ihm zu schlafen, an Laiwand und Prohaska übergeben und von diesen zur Prostitution gezwungen wurde.

Von Arnheim fragte nach: „Also, Sie sagen, dass der Angeklagte veranlasst hat, dass Sie zur Prostitution gezwungen wurden, nachdem Sie sich ihm verweigert haben?"

Für Lena war die Situation beängstigend. Sie konnte niemanden sehen, da der Sichtschirm sie komplett von allen abschirmte. Sie dachte, sie könne Halt finden, indem sie während der Befragung zu Abel schaute, aber jetzt saß sie völlig isoliert hinter dem schwarzen Tuch und hörte nur die ihr fremden Stimmen. Sie wusste noch nicht einmal genau, ob er überhaupt anwesend war. Sie hatte ihn seit Monaten weder gesprochen noch gesehen. Ihr war jeder Kontakt zu ihm untersagt worden.

Sie räusperte sich, bevor sie antwortete: „Ja."

„Und die Behauptung der Verteidigung, dass Sie schon der Prostitution nachgegangen sein sollen, bevor Sie den Angeklagten kennen gelernt haben?"

Lena schluckte. „Das stimmt nicht, also das ... nein, das ist nicht wahr."

„Sicher nicht?"

Abel intervenierte. „Die Zeugin ist hier doch nicht angeklagt, sondern es geht um Wolnek."

Lena fiel ein Stein vom Herzen, als sie seine Stimme hörte. Sie war nicht allein.

Der Vorsitzende Richter erwiderte kühl: „Herr Abel, das Gericht muss wissen, mit wem es zu tun hat, wenn die Zeugin schon als Person der Kammer verborgen bleibt."

Er wandte sich wieder dem Sichtschirm zu. „Also, Frau Zeugin, wie war das mit der Prostitution?"

Lena sprach nun mit festerer Stimme. „Es war nichts, bevor mich Herr Wolnek den Zuhältern gegeben hat."

„Nun zu dem Liquidationsbefehl, den Sie gehört haben wollen. Mit wem sprach der Angeklagte?"

Lena dachte kurz nach, dann räusperte sie sich. „Wenn jemand gekommen ist, also jemand für heikle Gespräche ... ich musste immer vorher ins Schlafzimmer gehen, ich habe nie Gesichter gesehen. An einem Sonntagmorgen um sieben sind plötzlich zwei Männer aufgetaucht. Wir haben noch geschlafen und Herr Wolnek war sehr erschrocken."

„Da sind Sie neugierig geworden und haben gelauscht?"

Lena zögerte kurz. „Ja."

Ein verächtliches Grinsen huschte über das Gesicht des Angeklagten. Er mischte sich ein.

„Ich habe nichts zu verheimlichen."

Ein missbilligender Seitenblick traf ihn von Seiten des Vorsitzenden.

Lena erschauerte, als sie Wolneks Stimme wieder hörte. Irgendwie war alles viel intensiver und bedrohlicher, wenn man die Menschen nicht von Angesicht zu Angesicht sah. Man konnte ihre Reaktionen nicht einschätzen, nicht in ihrer Mimik lesen.

Abel hielt ausnahmsweise die Regeln ein und meldete sich zu Wort. Von Arnheim machte eine auffordernde Geste in seine Richtung.

„Bitte, Herr Abel."

„Frau Zeugin, was haben Sie an diesem Sonntag gehört?"

Wieder fiel es Lena viel leichter zu antworten, da sie Abel hörte.

„Einer der Besucher hat gesagt, dass Herr Wolnek endlich auch das andere Geschäft vollständig übernehmen muss."

Abel hakte forschend nach.

„Ein Geschäft übernehmen kann man in vielen Bereichen."

Lena präzisierte: „Das 'andere Geschäft' war Ecstasy. Es wurde dann genau festgelegt, dass Herr Wolnek mindestens 20.000 Einheiten abnehmen muss, damit er so weiterarbeiten darf wie bisher mit den Mädchen und den Autos."
Wolnek fuhr hoch, schlug mit der flachen Hand auf den Tisch und brüllte den Richter an: „Das muss ich mir nicht gefallen lassen."

Damit hatte er die völlige Aufmerksamkeit aller Zuhörer.

Selbst die gelangweilten Referendare im Zuschauerraum hörten jetzt gebannt zu. Lena fuhr zusammen, als sie den Knall hörte. Weil selbst Frau Seeborn ihm einen mahnenden Blick zusandte, setzte sich Wolnek schnaubend wieder. Der Vorsitzende Richter fuhr ihn unwillig an.

„Ruhe, Herr Wolnek."

Abel führte die Vernehmung wieder zurück. „Die Herren waren sich also einig über den Deal?"

Lena riss sich zusammen. „Ja. – Und dass sich Herr Wolnek von nun an einen Vorschuss von 50.000 Euro von dem Geld nehmen kann."

Ein Raunen ging durch den Saal.

Abel hakte nach. „Wörtlich?"

„Wörtlich."

Wieder mischte sich Wolnek ein und bellte dazwischen.

„Nein. Herr Vorsitzender, da muss ich jetzt sofort dazwischen gehen, sonst setzen sich Vorurteile fest."

Jetzt wurde auch Billmair wütend.

„Sie kommen noch dran, bis dahin ..."

Wolnek blieb unbeeindruckt.

Er dröhnte mit lauter Stimme: „Ich habe dieses Mädchen von der Straße aufgelesen und ihr ein Dach über dem Kopf gegeben. Ich habe sie gut behandelt. Erst als ich feststellen musste, dass die Zeugin eine Prostituierte war, ist unsere kurze Beziehung zu Ende gegangen. Und jetzt kommt die billige Rache."

Der Vorsitzende Richter klopfte mit dem Kuli auf den Tisch.

Lena hielt es nicht mehr aus. Sie brüllte los.

„Und dass du mich diesen Schweinen wie ein Stück Vieh gegeben hast, dass sie mich zureiten – ja so heißt das – dass sie mich eingesperrt und geschlagen haben – damit hast du nichts zu tun gehabt?"

Wieder ging ein Raunen durch den Saal. Von Arnheim wurde es jetzt langsam zuviel.

Er rief: „Ruhe, Ruhe bitte."

Er wartete, bis Ruhe einkehrte. Dann wandte er sich an die Verteidigerin.

„Frau Rechtsanwältin, wenn Ihr Mandant noch einmal ungefragt dazwischen spricht, lasse ich ihn aus dem Saal entfernen."

Die Verteidigerin tuschelte mit Wolnek. Der gestikulierte wild, dann nickte er endlich widerstrebend.

Von Arnheim sprach Lena an. „Bitte weiter, die Zeugin."

Lena gab sich einen Ruck. Lange hielt sie das nicht mehr aus.

„Und dann habe ich gehört, wie Wolnek den Mordbefehl gegen Fila ausgesprochen hat."

Zynisch warf Frau Seeborn ein: „Darauf habe ich gewartet."

Wolnek schlug auf den Tisch, beherrschte sich aber soweit, dass er nichts sagte.

Lena fuhr fort: „Bevor der Ventilator angeschaltet wurde, hat einer der beiden Besucher gesagt, dass Herr Wolnek entscheiden muss, was mit der Fila aus Riga passieren soll, die krank geworden ist. Magersucht. Sie war so dünn, dass sie kein Freier mehr wollte, und sie hatte ein loses Mundwerk."

Wolnek lehnte sich mit einem Lachen zurück, das signalisieren sollte, dass er sich über die ganze Sache nur noch amüsieren konnte. Er verschränkte die Arme.

Abel ging nicht auf Wolneks lächerliche Spielchen ein, sondern fragte weiter: „Wie hat der Angeklagte entschieden?"

Prompt antwortete Lena: „Lasst sie verschwinden, hat er gesagt." Nach einer Pause fügte Lena hinzu: „Das war ein Todesurteil."

Ein weiteres Mal Raunen im Saal. Nun hielt es Wolnek nicht länger auf seinem Stuhl. Obwohl seine Verteidigerin ihn davon abzuhalten versuchte und der Wachtmeister ihm folgte, sprang er auf, trat vor und schnauzte das Gericht an: „Verdammt noch mal, Sie können mir drohen, soviel Sie wollen ... Diese Frau soll sich hier hinstellen und mir in die Augen sehen und das wiederholen. Warum versteckt sie sich denn? Warum decken das der Staatsanwalt und das Gericht?"

Alle Augen richteten sich auf den Paravent. Mit einem Stoß warf Lena den Sichtschutz um. Sie hatte sich in ihrem Äußeren völlig verändert. Ihre Haare waren zu einem kurzen Pagenkopf mit Pony geschnitten und schwarz gefärbt und sie hatte ein paar Kilo zugenommen. Sie sah fast elegant aus. Die frische, fröhliche Note hatte sie komplett verloren. Auch ihre Kleidung war anders als ihr bisheriger Habitus. Sie trug ein modisches, elegantes Kostüm in Grün mit kurzem Jackett. Sie deutete auf den Angeklagten.

„Dieser Mann hat wörtlich gesagt, ‚Fila wird sterben, ich veranlasse das'." Lena wandte ihren Blick nicht von Wolnek ab, der jetzt keine drei Schritt von ihr entfernt stand. Abel ließ sich durch diesen dramatischen Auftritt nicht beirren, sondern folgte stur weiter seiner Strategie, die Wut von Lena auszunutzen, um dem Gericht glaubhaft die Situation klarzumachen, in der sie sich damals befunden hatte.

„Hat er konkrete Anweisungen gegeben?"

Frau Seeborn mischte sich lautstark ein. Zynisch fragte sie: „Maschinenpistole oder Atombombe oder ein gezielter Todesschuss? Was fällt Ihnen noch dazu ein, Frau Ulmanis?"

Lena trat jetzt noch näher auf Wolnek zu. Die Absätze ihrer Schuhe bohrten sich in den Sichtschutz am Boden. Sie ließ Wolnek nicht mehr aus den Augen.

„Er hat, kurz nachdem die Besucher gegangen sind, jemandem am Telefon befohlen, sie totzufahren, wenn sie am Straßenrand auf Freier wartet."

Jeder der Juristen im Saal wusste, wie Fila gestorben war. Auch die Rechtsanwältin Seeborn, die ihrem Mandanten einen undurchsichtigen Blick zuwarf.

Wolnek beteuerte mit schneidender Stimme gegenüber dem Gericht: „Das ist eine Lüge. Das müssen Sie mir glauben."

„Müssen tun wir alle nur sterben", sagte der Vorsitzende. Man hörte, dass er aus Bayern kam.

„Noch Fragen?"

Es war still im Saal.

Von Arnheim ließ Lena hinausführen. Er sagte in den Saal, ohne jemanden direkt anzusprechen: „Wenn der Zeugin, die sich sehr mutig verhalten hat, irgendetwas zustoßen sollte, dann gnade Gott!"

Wolnek sagte zu seiner Verteidigerin: „Sind hier jetzt alle wahnsinnig geworden?"

Der Vorsitzende maß ihn mit einem langen Blick.

Annabelle wurde aufgerufen und der Saal abgedunkelt. Abel saß still auf seinem Platz und überlegte. Die Verhandlung war bisher nicht schlecht für Lena gelaufen. Jetzt musste er sich vor den Winkelzügen von Frau Seeborn hüten, die sich trotz allem nicht widerstandslos ergeben würde.

Annabelle trat ein und wurde über ihre Wahrheitspflicht belehrt. Der Vorsitzende diktierte ihre Personalien ins Protokoll.

Annabelle öffnete ihr Laptop und begann, Polizeifotos an die Wand zu projizieren. Ein schwerer Autounfall, Meßlatten verdeutlichten Distanzen, nummerierte Schilder wiesen die Standorte von Beweismitteln aus. Am Boden auf dem Asphalt konnte man einen mit einer Aluplane abgedeckten Körper erkennen. Annabelle erläuterte: „Das Fahrzeug war gestohlen. Der Unfall wurde vorsätzlich herbeigeführt. Es gab keinerlei technische Mängel an dem Wagen."

Annabelle drückte auf der Tastatur ihres Computers ein Bild weiter. Ein neues Foto wurde an die Wand geworfen. Das Passfoto einer jungen Frau mit dunklen Haaren, die verschmitzt in die Kamera lachte.

„Das Opfer war 19 Jahre alt, extrem unterernährt und konnte als die aus Riga stammende Fila Balodis identifiziert werden. Der Fahrer des Unfallwagens entfernte sich sofort vom Unfallort und konnte nicht ermittelt werden. – Bitte Licht."

Der Gerichtsdiener betätigte den Lichtschalter, der Saal wurde hell. Annabelle sah in die erschütterten Gesichter der Anwesenden.

„Dass es sich um eine milieutypische Liquidation handelte, die auch andere einschüchtern sollte, war uns klar."

Damit schloss sie das Programm ihres Computers und klappte ihn zu. Von Arnheim beendete die Sitzung. Mittagspause.

Abel verließ zusammen mit Billmair den Sitzungssaal. Hinter ihnen folgte Frau Seeborn. Als Abel sich von Billmair trennte, kam Jane im Eilschritt den Flur entlang. Die Zuschauer, die der Sitzung gefolgt waren zerstreuten sich in Richtung Ausgang. Jane hatte eine große Sandwichtüte dabei. Im selben Moment trat Annabelle mit Lena aus dem Saal. Sie gingen zusammen Richtung Zeugenzimmer, in dem Abel mit Lena die Pause verbringen wollte.

Jane hatte Neuigkeiten: „Sechs Jahre, fünf Monate für Prohaska."

Abel war erleichtert. Er nahm Jane die Tüte mit dem Mittagessen ab.

„Doch immerhin!"

Lena, die neben ihm ging, schaute irritiert. Abel bestätigte noch einmal: „Sechs Jahre und fünf Monate für Prohaska, Lena."

Erst jetzt realisierte Jane, dass Lena sich mit ihrem veränderten Aussehen offen im Gericht bewegte.

Erschrocken fragte sie: „Lena?"

Abel erklärte: „Sie hat sich für totalen Angriff entschieden. Einfach den Sichtschirm umgeworfen und Wolnek alles ins Gesicht gesagt."

Jane imponierte Lena immer mehr. Sie hatte ihr nicht so viel Mut zugetraut.

Annabelle warf enttäuscht ein: „In vier Jahren ist Prohaska wieder draußen."

„Da reden wir auch noch ein Wort mit." Abel öffnete die Tür zum Zeugenzimmer und ließ die Frauen eintreten.

Lena sagte zuversichtlich: „Bis dahin findet der mich nicht mehr. – Und wo ist Laiwand?"

Annabelle warf Abel hinter Lenas Rücken einen bösen Blick zu.

„Nach wie vor verschwunden."

Lena schaute ihn unsicher an. Abel beruhigte sie.

„Der hat sich abgesetzt und lässt sich sicher nie mehr blicken."

Er kramte in der Tüte und begann die Sandwichs zu verteilen. Jane lehnte ab. Sie musste noch aufs Grundbuchamt, einen Registerauszug abholen. Auch Annabelle verabschiedete sich, da sie zurück ins Präsidium musste. Plötzlich waren Lena und Abel alleine in dem kargen Raum. Sie setzten sich wortlos. Abel begann zu essen, während Lena mit der Verpackung ihres Brötchens spielte.

Nachdem Abel schon fast sein ganzes Sandwich verspeist hatte, brach er das Schweigen.

„Die neue Frisur, die steht dir."

Lena strich sich verlegen eine Strähne aus der Stirn.

„Ach, ich glaube nicht, dass sie dir wirklich gefallen. Sieht schon irgendwie seltsam aus."

„Als du den Sichtschirm umgeworfen hast, habe ich gedacht, die hat Mut. Hut ab."

Auch Abel war jetzt verlegen. Lena sah ihn direkt mit ihrem herausfordernden Blick an, den Abel inzwischen kannte.

„Ich will, dass dieses Schwein verurteilt wird."

Eine unangenehme Pause trat ein. Abel wirkte seltsam distanziert. Er ging ans Fenster und öffnete es. Kalte Luft drang ins Zimmer. Abel erschauerte, aber er ließ das Fenster offen. Der Sauerstoff tat ihm gut.

„Ich habe eine Frage, bevor sie die Verteidigerin stellt."

Abel sah weiter hinaus auf die Straße ohne sich umzudrehen.

„Ja?"

„Warum hat Wolnek dich wieder aufgenommen, als du nachts aus unserem Bett verschwunden bist? Er hat doch mitgekriegt, dass du seine ..." Abel sprach das Wort gedehnt aus, „... Mitarbeiter Laiwand und Prohaska mit deiner Aussage ziemlich in Schwierigkeiten gebracht hast."

„Gerade deswegen. Ich habe ihm Druck gemacht, gesagt, was ich gegen ihn in der Hand habe. Ich habe ihm erklärt, dass die Polizei mich ausliefern will, falls ich nicht aussage, und verlangt, dass er mich versteckt. Und dass ich ihn bis dahin nicht verraten habe, war die Wahrheit."

Aus dem Lautsprecher war nun Richter von Arnheims Stimme zu hören: „Die Beteiligten im Strafverfahren gegen Ulf Wolnek bitte in den Saal."

Abel drehte sich um. Er bohrte weiter.

„Ich bin zwar nicht die Verteidigung, aber ich frage mich, warum du ihm so intensiv in die Augen geschaut hast, wenn du ihn gerade erpresst."

Lena legte lächelnd ihre Hände auf Abels Arm. Er ließ das zu, reagierte aber nicht darauf.

„Irgendwie musste ich doch an die Liste in seiner Brieftasche kommen. Da habe ich angedeutet, dass ich auch wieder richtig lieb zu ihm bin, wenn er will."

Abel lächelte zurück. Es war ein eher förmliches Lächeln.

„Ich wäre verschwunden, bevor er Gelegenheit gehabt hätte, das auszuprobieren. Kommst du?"

Damit nahm Abel seinen Aktenkoffer und seine Robe und verließ den Raum.

Nach der Mittagspause war der Andrang im Saal größer. Es hatte sich herumgesprochen, dass es sich um einen interessanten Fall handelte. Ein Sachverständiger namens Horst Luckner vom Betriebswirtschaftlichen Dienst des LKA erläuterte die Liste, die Lena bei Wolnek gefunden und dann im Sitz des Polizeiwagens versteckt hatte.

Wieder war das Licht im Saal gelöscht worden. Die Abbildung der Liste wurde an die Wand geworfen. Der Sachverständige, den Abel schon aus anderen Prozessen kannte, erklärte mit schnarrender Stimme im Fachjargon, dass die Liste Wolnek zweifelsfrei zugeordnet werden könnte, da sie ausschließlich von ihm benutzte Datev-Konten betreffe. Außerdem hatte ein Schriftgutachten ergeben, dass die handschriftlichen Zeichen auf der Liste von Wolnek stammten. Luckner zeigte mit einem Laser, den er an seinem Schlüsselbund befestigt hatte, auf die Stellen, die er gerade erklärte.

„Der auf dem Blatt notierte Umsatz betrug in sieben

Monaten etwa 3,2 Millionen Euro. Die einzelnen Buchungen sind verschlüsselt."

Der Lichtzeiger wanderte zu der ersten Spalte auf der Liste, zu den Kombinationen von Zahlen und Buchstaben, die Wolnek mit roter Tinte an den Rand geschrieben hatte. Luckner wollte gerade seinen Vortrag beschließen, als sich Abel an das Gericht wandte: „Letzte Frage an den Gutachter."

Von Arnberg nickte, Abel wandte sich an Luckner.

„Sind das Kontenbezeichnungen, wie sie bei Steuerberatern üblich sind?"

„Nein."

Abel sprach wieder zu von Arnheim: „Steuerberater sind pingelige Leute. Alles muss nachvollziehbar sein. Verschlüsselte Konten wie dieses hier erlauben nur eine Folgerung: Es ging um etwas Illegales."

„Das kann man so sagen", bestätigte Luckner.

Von Arnheim entließ den Gutachter und rief Lena auf, die als Nebenklägerin jetzt neben Abel Platz genommen hatte.

„Können Sie uns sagen, was es mit der Liste auf sich hat, Frau Ulmanis?"

Lena sah ihm direkt in die Augen. Sie war nun nicht mehr so nervös.

„Ich weiß, dass Herr Wolnek Bargeldzahlungen in die Liste eingetragen hat. Denn er hat mit den Besuchern im Partykeller über Bares und seine Liste gesprochen."

Abel fragte nach. „Was genau?"

„Sie haben sich darum gestritten, was die Mädchen verdient haben und ob Ecstasy mehr bringen könnte, wenn man es richtig macht. Und Herr Wolnek hat Wut bekommen, wie öfter und gerufen: ‚In meiner roten Liste steht doch ... soundsoviel 1000 Euro ... ich trage das jedes Mal ein, wenn das Geld kommt'."

Wolnek konnte wieder nicht an sich halten.
„Lächerlich! Was soll denn an der Liste rot sein?"
Das fing ihm einen strafenden Blick vom Vorsitzenden Richter ein.
Lena erklärte: „Die Anmerkungen."
Abel fragte weiter.
„Warum sind Sie dann das Risiko eingegangen und zum Angeklagten gegangen, um die Liste zu holen?"
Diesmal rief Frau Seeborn dazwischen: „Zu stehlen!"
Abel insistierte unbeirrt: „Zu holen."
Lena antwortete: „Damit man mir endlich glaubt."
Wieder mischte sich die Verteidigerin ein. „Zur Denunziation."
Lena ließ sich nicht aus der Fassung bringen. „Damit der Spuk endlich ein Ende hat und dieser Mann viele Jahre hinter Gitter kommt, wie Prohaska."
Frau Seeborn wandte sich mit ironischem Ton an Wolnek.
„Ein böser, böser Mafiaboss bewahrt doch angeblich keine Beweise auf, oder Herr Wolnek?"
Wolnek ging nicht auf die Anspielung ein, er blickte weiter starr zu Lena. Abel merkte, dass sie wieder nervös wurde. Er wollte die Befragung so schnell wie möglich beenden.
„Wo haben Sie denn die Liste gefunden?"
„In seiner Brieftasche. Die Liste hatte er immer bei sich."
Frau Seeborn versuchte es noch einmal.
„Den Staatsanwalt wollten Sie nicht einschalten? Das wäre doch bei einem so gefährlichen Mann wie dem Angeklagten eigentlich naheliegend gewesen."
Lena sah jetzt die Verteidigerin an.
Abel erwiderte kühl: „Nachdem sie gesehen hat, wie man hier in Deutschland Schläger und Vergewaltiger laufen lässt, obwohl sie eine klare Aussage gemacht hatte. Da geht gar nichts, wenn man nicht selber die Beweise bringt."

Abel sah zu Billmair. Der schaute in seine Akten, als ginge ihn der Vorwurf nichts an. Abels Blick ruhte lange auf dem Staatsanwalt. Ihm schoss durch den Kopf, dass mit Lena dasselbe hätte passieren können wie mit Natascha, und das machte ihm Angst. Aber wenn er genau überlegte, wurde ihm klar, dass das nicht stimmte. Lena war viel stärker als Natascha. Wolnek und seine Leute hatten alles versucht, um ihren Willen zu brechen, aber Lena war immer noch Lena und sie hatte gekämpft. Und ich war nur eine Station auf ihrem Weg, dachte er bitter.

Abel schreckte aus seinen Gedanken hoch, da von Arnheim ihn und Lena an die Richterbank rief. Lena sah sich nach Abel um, der ihr aufmunternd zunickte. Gemeinsam traten sie vor den Richter. Abel spürte, wie der ganze Saal sich in einem Blick in seinem Rücken konzentrierte und auch die Verteidigerbank versuchte, jedes Wort mitzuhören. Der Vorsitzende fasste Lena ins Auge. Lena hielt dem Blick stand. Von Arnheim senkte seine Stimme und begann, intensiv auf sie einzusprechen.

„Sie sind so etwas wie die Kronzeugin der Anklage."

Lena nickte.

„Nicht nur das, Sie beteiligen sich selbst als Nebenklägerin an dem Prozess hier. Und Sie haben sehr deutlich gesagt, dass Sie wollen, dass der Angeklagte verurteilt wird."

„Ja."

Mit einer Pause ließ der Richter seine Worte wirken. Die Beteiligten starrten auf Lena.

„Von Ihrer Aussage hängt viel ab. Denn sonst gibt es keine Beweise für den Liquidationsbefehl und über die Funktion der Barzahlungsliste. Deswegen frage ich Sie noch mal: Ist das die Wahrheit?"

Lena schaute dem Richter direkt in seine wässrigen blauen Augen. Ohne ein Zucken im Gesicht antwortete sie: „Ja."

„Haben Sie nichts hinzuzufügen?"
„Nein."
„Auch nichts weggelassen, was für die Beurteilung wichtig wäre?"
„Nein."
„Die Verteidigerin hat Ihre Vereidigung beantragt. Die Kammer hat beschlossen, dass Sie vereidigt werden. Auf Meineid steht Haft."
Lena nickte. „Ich weiß."
Von Arnheim verständigte die beiden Richter und die Schöffen mit einem Blick. Das Gericht erhob sich. Die anderen Beteiligten und die Zuschauer standen daraufhin ebenfalls auf. Noch einmal sah der Vorsitzende Richter Lena prüfend ins Gesicht, dann sagte er: „Sie schwören bei Gott dem Allmächtigen und Allwissenden, dass Sie nach bestem Wissen die reine Wahrheit gesagt und nichts verschwiegen haben."
Lena nickte.
„Heben Sie die Hand und sprechen Sie mir nach: Ich schwöre es, so wahr mir Gott helfe."
Lena hob die Hand und wiederholte: „Ich schwöre es, so wahr mir Gott helfe."
Abel fiel auf, dass die Verteidigerin nicht bei der Sache war. Sie tuschelte leise mit dem Angeklagten und machte sich Notizen. Ihr Blick kreuzte sich mit dem von Abel. Der sah sie eigentümlich lächeln.

Nach der Vereidigung gab es eine kurze Pause. Lena ging nach draußen auf den Gang und rauchte erschöpft eine Zigarette, während ein Beamter in Zivil auf sie aufpasste. In einiger Entfernung standen die Zuschauer und tuschelten. Abel stellte sich neben Lena und schirmte sie mit seinem Körper vor den neugierigen Blicken ab. Wortlos drückte er ihren Arm. Lena hätte sich am liebsten an seine Schulter gelehnt und die Augen geschlossen, aber da rief von Arnheim in den Saal. Lena saß wieder neben Abel, der Zivilbeamte zur Bewachung in der ersten Bank der Zuschauerreihe.

Die Rechtsanwältin erhob sich und sagte: „Hohes Gericht. Mein Mandant hat anfangs auf meinen Rat hin die Aussage zur Sache verweigert. Nun aber, angesichts dieser Lügengebäude, die sogar noch mit einem Eid bekräftigt worden sind, habe ich ihm geraten, die Dinge richtig zu stellen."

Abel blickte Lena an. Sie rang sich ein Lächeln ab.

Sofort nachdem von Arnheim die Formalitäten geklärt hatte, begann Wolnek: „Diese Frau lügt. Ich habe niemals den Auftrag gegeben, einen Menschen zu töten. Und diese Frau schwört nicht nur eiskalt einen Meineid, sie erpresst auch."

Abel fragte dazwischen mit aufmerksam freundlichem Tonfall: „Ach, womit sind Sie denn erpressbar, Herr Angeklagter?"

Wolnek verbesserte sich.

„Genau gesagt, sie hat es versucht. Mit Phantastereien von ähnlichem Kaliber wie die, die sie hier verbreitet."

Billmair schaltete sich ein: „Details?"

„Sie kam mitten in der Nacht und klingelte bei mir. Sie hatte ein Taxi vor der Tür stehen mit rund 100 Euro auf der Uhr. Das habe ich zunächst bezahlt."

Abel wollte wissen: „Warum so großzügig?"

Mit arrogantem Lächeln strich sich Wolnek eine Strähne seines roten Haares hinter die Ohren.

„Immerhin hatte ich ja mal eine Art nähere Beziehung zu ihr."

Von Arnheim hielt ihm vor: „Die Zeugin hat gesagt, dass Sie sie sofort eingesperrt haben und erst dann raus zum Taxi sind."

Wolnek lachte nervös. „Nein, nicht eingesperrt.“

Der Vorsitzende Richter notierte sich den Widerspruch in den Aussagen. Dann sah er wieder Wolnek an.

„Weiter.“

„Als ich reingegangen bin, faselte sie sofort von einer angeblichen Freundin von ihr, einer Fila, die ich gar nicht kenne ... völlig aus der Luft gegriffen.“

Billmair hakte nach: „Hat sie nur gedroht oder hat sie angeboten zu schweigen, wenn ..?“

Wolnek fuhr dazwischen. „Sie hat Geld verlangt.“

Abel fragte: „Wie viel?“

„500.000 Euro.“

Die Zuschauer begannen zu wispern.

Laut rief Lena: „Nein!“

Der Richter warf ihr einen mahnenden Blick zu. Wieder klopfte er mit dem Kuli auf das Pult.

„Sind Sie darauf eingegangen?“

Wolnek lehnte sich in seinem Stuhl zurück. Er schaute mit einem undeutbaren Blick zu Lena.

„Ich habe sie hingehalten.“

„Warum denn, wenn Sie diese Fila nicht kennen und alles aus der Luft gegriffen ist?“, fragte Abel.

Wolnek grinste anzüglich. „Man kann doch mit einer Prostituierten über Geld reden, auch wenn die Forderungen absurd sind.“

Die Verteidigerin: „Verstehe ich richtig, Sie sind nicht auf diese angebliche Fila-Affäre eingegangen, sondern wollten noch einmal mit der Zeugin schlafen.“

„Ich hätte es nicht besser ausdrücken können, Frau Rechtsanwältin.“

Von Arnheim wandte sich an Billmair.

„Noch Fragen?“

„Nein.“

Abel stand auf. Er ging um seinen Tisch herum und stellte sich vor die Zeugenbank.

„Normalerweise fackelt ein gestandener Mann nicht lange, der ohne realen Hintergrund erpresst wird, und geht sofort zur Polizei und versucht nicht auch noch, mit der Erpresserin ins Bett zu gehen. – Oder haben Sie ähnliche Zweifel, was unser Rechtssystem betrifft, wie Frau Ulmanis?"

„Zur Polizei wollte ich dann auch."

„Sauber", sagte Billmair dazwischen.

„Bis zu Ihrer Festnahme am folgenden Vormittag waren Sie aber nicht dort. Sind Sie doch erpressbar?"

„Mitnichten."

Wolnek lächelte Abel überlegen an.

„Wenn ich der Verbrecher wäre, als den Sie mich hinstellen wollen, dann hätte ich doch diese Erpresserin sofort beseitigen lassen – wie diese angebliche Fila. Aber überlegen wird man doch noch dürfen, bevor man sich in einer so heiklen Sache an die Polizei wendet."

Abel lächelte genauso überlegen zurück.

„Oder haben Sie befürchtet, die Erpresserin könnte Sie so in der Hand haben, dass alles nur noch viel schlimmer geworden wäre, wenn Sie sie liquidiert hätten, Herr Wolnek?"

Wolnek grinste. „Wenn ich so einen Mist höre!"

Abel fragte stur weiter. „Und warum haben Sie nicht sofort, als die Polizei in Ihr Büro kam, gesagt: Die Frau erpresst mich?"

„Weil mir meine Anwältin geraten hatte zu schweigen, bis das Verfahren offiziell eröffnet wird."

Treffer! Abel wies triumphierend darauf hin.

„Aha! Hatten Sie Ihre Anwältin konsultiert, noch bevor die Polizei bei Ihnen erschienen ist?"

Lena strahlte. Niemand sagte mehr etwas. Wolnek sah vor sich auf den Tisch.

Von Arnheim fragte: „Weitere Fragen?“

Abel schüttelte den Kopf und setzte sich.

Da erhob sich Frau Seeborn, die bislang seltsam still gehalten hatte.

„Darf ich mit der Nebenklage vor den Richter treten?“

Von Arnheim winkte sie zu sich. Lena und Abel folgten. Die Verteidigerin legte ein Blatt Papier auf den Richtertisch, dann sah sie Lena an.

„Die angebliche Kronzeugin ist eine notorische Lügnerin!“

Lena schüttelte empört den Kopf.

Abel intervenierte sofort. „Moment.“

Frau Seeborn machte unbeirrt weiter.

„Mal ganz abgesehen davon, dass sie meinen Mandanten bestiehlt, sie hat unter anderem dem Angeklagten vorgeworfen, er habe veranlasst, dass sie zur Prostitution gezwungen wurde. Sie verschweigt uns aber, dass Sie vorher schon auf den Strich gegangen ist – und zwar lange bevor sie der Angeklagte aus der Gosse gezogen hatte.“

Abel war irritiert.

Wieder wandte sich die Verteidigerin an Lena und sprach mit lauter Stimme: „Sie haben vor zwei Jahren schon einmal versucht einzureisen.“

Lena stotterte: „Ja, aber ...“

Frau Seeborn unterbrach. „Sie hatten als Zieladresse die eines amtsbekannten Zuhälters angegeben.“

Lena wand sich.

„Nein, die Adresse einer Freundin ...“

Höhnisch lachte Frau Seeborn auf.

„Von wegen Freundin! Wahrscheinlich eine seiner ...“ Gedehnt sprach sie weiter. „... Damen – Sie hatten rote Reizwäsche, Strapse und Kondome im Gepäck.“

Lena verteidigte sich weiter.
„Das war nicht so, wie sie denken."
Lena wurde kalt von Frau Seeborn abgekanzelt.
„Ich habe beruflich sehr viel mit Prostituierten zu tun, Frau Ulmanis."
Verzweifelt warf Lena ein: „Das war für meine Freundin, sie arbeitet bei der Post ... Geschenke zur Hochzeit ... da ist doch nichts dabei."
Die Rechtsanwältin Seeborn bohrte weiter.
„Der Grenzschutz hat Sie logischerweise wegen begründeten Verdachts auf Ausübung der Prostitution zurückgewiesen. Und Sie haben das bewusst verschwiegen."
„Aber ich habe es doch gesagt!"
„Wem?"
„Ich weiß momentan nicht."
Lena schrie fast. Sie war den Tränen nah. Abel konnte nur ungläubig zuhören. Er hasste es, wenn ihm seine Mandanten nicht alle wesentlichen Umstände vor einer Verhandlung sagten. Den Angriff der Kollegin hätte er viel besser parieren können.
Von Arnheim unterbrach sie.
„In diesem Verfahren fiel davon kein Wort. Und es ist für die Einschätzung Ihrer Glaubwürdigkeit schon von Interesse, ob Sie hier nur die Opferrolle spielen und eigentlich mit von der Partie sind."
Lena wurde vor Verlegenheit rot bis zum Haaransatz. Sie blickte Abel an. Der schüttelte enttäuscht den Kopf.
Der Vorsitzende schaute auf die Uhr. Es war schon spät.
„Ich vertage die Verhandlung auf Morgen neun Uhr, dann ergeht dazu eine Entscheidung. Die Sitzung ist geschlossen."
Damit erhob sich das Gericht. Frau Seeborn schwebte triumphierend davon, während sich die Zuschauer unter Stühlerücken und lauten Gesprächen aus dem Saal entfern-

ten. Wolnek wurde von zwei Gerichtsdienern abgeführt. Annabelle, die nach Dienstschluss wieder zum Gericht gefahren war und die letzen 15 Minuten der Verhandlung mitbekommen hatte, trat zu Abel und Lena, die immer noch wie angewurzelt vor dem Richtertisch standen. Im Hintergrund sprach Billmair mit dem Vorsitzenden. Ab und zu schauten sie zu der kleine Gruppe. Abel befürchtete, dass sie darüber berieten, ob sie Lena in Haft nehmen sollten, was bei einer evidenten Falschaussage vor Gericht nicht unüblich war.

Abel überlegte fieberhaft. Wenn ihm jetzt nichts einfiel, war Lena wegen Meineids dran. Doch selbst an ihm nagten Zweifel. Hatte Lena wirklich immer die Wahrheit gesagt oder seine Gefühle für sie raffiniert ausgenutzt, um das Beste für sich herauszuschlagen?

Abel blickte auf Lena.

„Wenn sie dich wegen Meineids verurteilen, das gibt ein paar Jahre."

Lena antwortete bockig: „Ich habs aber gesagt."

Abel pochte auf eine Akte, die er aufgeschlagen noch immer in der Hand hielt.

„Es steht nicht im Vernehmungsprotokoll der Polizei."

Annabelle bekräftigte: „*Ich* kann mich auch nicht daran erinnern."

„Überleg noch mal gut."

Abel sprach mit drohendem Unterton zu Lena.

Aufgelöst, mit Tränen der Wut in den Augen, fuhr Lena Abel an.

„Hab ich doch. Wisst ihr denn, wer mich alles ausgequetscht hat, seit ich im Zeugenschutzprogramm bin? Die Steuerfahndung, Annabelle und der Staatsanwalt, drei Richter, die Kommissarin von der Sitte, der Mann vom Grenzschutz. Irgendeinem habe ich es bestimmt gesagt."

Abel wurde ruhiger.

„Erinnerst du dich, ob du ein Protokoll unterschrieben hast, in dem was davon steht?“

Lena biss sich auf die Lippen, wischte sich die Tränen aus den Augen und schüttelte den Kopf. Annabelle und Abel schauten sich unschlüssig an. Dann bemerkte Abel, dass zwei Zivilpolizisten auf Lena warteten, um sie zurück in ihr Versteck zu bringen. Er verabschiedete sich von den Frauen und verließ das Gericht.

Abel kam zu Hause an. Schmitz fand ihn zerstreut, wie er ihn nur beiläufig begrüßte, und trollte sich, um sich seinem Büffelhaut-Knochen zu widmen, der sich schön langsam in seiner klebrigen Masse mit dem Teppichboden zu verbinden begann. Abel merkte nicht mal das. Er hatte an der Wendung im Prozess zu kauen und hatte auf dem Weg nach Hause die ganze Zeit über den nächsten Schachzug von seiner Seite gegrübelt.

Jane war wohl noch da, da überall das Licht brannte. Er hatte sie vom Auto aus angerufen und ihr von der Verhandlung erzählt. Abel fiel auf, dass es jetzt schon dunkel wurde. Ein Zug von Wehmut erfasste ihn.

Als Abel ins Büro kam, hörte er, wie Jane am Telefon flirtete. Gerade lachte sie laut auf. Dann fügte sie hinzu: „Der hat Recht, Pullis mit Zopfmuster stehen dir. Bloß kein Rollkragen.“

Abel warf seine Aktentasche auf den Schreibtisch und nahm nach einem Seitenblick die Post in die Hand, die Jane vorbereitet hatte. Dann ging er in die Küche und braute sich einen Espresso. Die Tasse nahm er mit in sein Büro und setzte sich an den Schreibtisch, um die ganze Akte noch einmal systematisch durchzugehen. Paolo Conte sang im Hintergrund von Meer und Liebe.

Vielleicht hatte das die Schwermut in Abel ausgelöst, auf

jeden Fall konnte er die Musik jetzt nicht brauchen. Jane beendete ihr Gespräch. „Du Helmfried, wir treffen uns gleich vor dem Kino.“

Abel trat mit der Tasse in der Hand zu Jane. Er konnte den Flirt nicht unkommentiert lassen. Schnarrend intonierte er: „Helmfrrried. Kommt er wie ein Germane im Fellumhang und mit einem Helm mit Ochsenhörnern?“

Jane begann, ihren Schreibtisch aufzuräumen. Schnippisch erwiderte sie: „Klar.“

„Wie sagt man denn zu einem Helmfried, wenn man ihn näher kennen lernt?“

Ihn traf ein tadelnder Seitenblick von Jane.

Abel machte weiter: „Helmi, oder vielleicht Fridi?“

Kühl antwortete Jane, die fertig war mit Aufräumen: „Friedel wäre ganz schön, hab ich mir gedacht.“ Versonnen sah sie vor sich auf die Tischplatte. „Das hört sich sowieso besser an: Prof. Dr. Friedel Kussmaul und so weiter.“

„Heißt der wirklich Undsoweiter?“, forschte Abel.

Jane zögerte. „Nein, Kussmaul.“

Der Name Kussmaul gefiel Abel. Er ließ sich die Silben auf der Zunge zergehen. „Kussmaul ...“

Jane wurde sauer. „Ja, Kussmaul! Institut für angewandte Psychologie!“ Um weiteren Frotzeleien vorzubeugen, fügte sie hinzu: „Weder schöne Hände noch übertrieben schöne Augen, aber ein Stück größer als du, ein bisschen breitere Schultern als du, ein Mann mit einem irren Einfühlungsvermögen. So ein Bär zum Anlehnen. Beruflich ziemlich erfolgreich. Und eine Stimme wie Paolo Conte.“

Abel nickte anerkennend und voller Ironie.

„Sole e mare!“

„Sole e mare“, wiederholte Jane, „ich hab sowieso noch Urlaub.“ Wenn Jane Urlaub nahm, brach das Büro zusammen. Abel verstand sofort die Drohung.

„Ich sage nie mehr Helmi, nur noch Prof. Dr. Kussmaul."

„Hast du Wolnek da wo du ihn haben willst?"

Abel gab ausweichende Auskunft und vermied es, über Lenas Problem zu sprechen.

Er drehte die Platte um und begann die Post zu unterschreiben ohne die Briefe noch einmal durchzulesen.

„Babyjane, Post ist fertig", rief er. Dann widmete er sich wieder Lenas Akten.

Jane summte mit und machte sich dabei zum Weggehen fertig. Sie zog sich in der Toilette um. Dann beschäftigte sie sich vor dem Spiegel an der Garderobe mit ihrem Make-up. Da sie langsam kurzsichtig wurde, aber viel zu eitel war, um eine Brille zu tragen, berührte sie mit der Nase fast das Glas, als sie ihren Lidstrich zog.

Abel ließ wütend die Akte fallen, in der er gerade gelesen hatte.

„Lief doch nicht so gut", stellte Jane fest.

„Durchwachsen. Die Seeborn hat sich halt wieder aufgeblasen."

„Komm, sag, was los war."

„Nichts war los", knurrte Abel.

„Falschaussage", stellte Jane fest.

Das war ein Reizwort für Abel. Er ging, seinem Hund etwas zu Fressen zu geben.

„Wie sich die Seeborn nach der Sitzung aufgeblasen hat ... Dieser triumphierende Ton! – und ohne Protokoll können wir nichts beweisen. Deshalb hat sie um ein Gespräch vor dem Richter gebeten, dann aber so laut rumposaunt, dass es auch jeder hören konnte."

Jane tuschte sich die Wimpern. Da sie dazu, aus für Abel unerfindlichen Gründen, den Mund öffnete, nuschelte sie: „Glaubst du ihr?"

Abel nickte, aber so richtig überzeugt schien er nicht.

Jane schraubte das Mascarafläschchen zu und warf es in ihre Handtasche. Prüfend betrachtet sie das Ergebnis.

Jane rief: „Hast du zufällig Lust, mit uns ins Kino zu gehen?"

Abel bändigte den Hund und rief zurück: „Mit Helmfrrried? Da störe ich doch nur."

„Ach, soweit sind wir noch nicht. Stell dir vor, er ist der erste Mann, den ich kenne, der auf Liebesfilme steht."

„Wie Paolo Conte?"

Jane ließ sich nicht ärgern.

Ironisch sagte sie: „Jeder weiß, dass Paolo auf Western steht. Macho!"

Abel war müde.

„Haben wir eigentlich auch Kopien von den Akten vom Ermittlungsrichter?" Jane kam zu Abels Schreibtisch.

„Morgen schau ich."

„Bitte jetzt!"

Jane sah auf die Uhr. Dann nahm sie ihre Handtasche und eilte zur Tür. „Du, es hat keinen Zweck, ich muss!"

Schon war sie draußen. Abel schüttelte den Kopf. Frauen und ihre Dates! Irgendwie kam er sich alt vor. Dann ging er seufzend zum Aktenschrank und suchte auf eigene Faust.

Donnerstag, 10. November

Mitten in der Nacht hörte Schmitz ein Geräusch. Wie üblich lag er auf Abels Bett. Schmitz richtete sich auf und horchte. Jemand schloss die Haustür auf. Schmitz knurrte leise, dann sprang er vom Bett und bellte. Jane lugte durch die Tür, wurde aber fast von Schmitz umgerissen, der sie stürmisch begrüßte. Hätte er sie doch beinahe mit einem Einbrecher verwechselt. „Jean, schläfst du schon?"

Abel saß wegen Schmitz Bellerei schon im Bett und sagte zu sich: „Was für eine dumme Frage."

Dann machte er das Licht an und Jane trat ein. Sie hatte einen Leitzordner aufgeschlagen auf dem linken Arm liegen.

„Da! Ich habe die dreißig Seiten mit Lenas Aussage vor dem Ermittlungsrichter gefunden."

Abel war verwundert.

„Seid ihr nach dem Kino nirgends mehr hin?"

Jane zuckte ein wenig mit den Schultern. Dann setzte sie sich auf die Bettkante zu Abel und legte den Aktenordner vor ihn hin. Beiläufig sagte sie, indem sie das Muster von Abels Bettzeug begutachtete:

„Es ging danach nicht allzu lange."

Sie deutete auf die aufgeschlagene Seite.

„Lenas Aussage vom 16. Juli."

Abel fragte: „Muss ich dich trösten, Babyjane, Stern meiner Aktenordnung?"

Jane schüttelte tapfer den Kopf.

„Details?"

Noch ein Kopfschütteln.

Jane wurde dienstlich und Abel spürte, dass ihr das half. „Annabelle hat mich angerufen, als ich auf dem Weg zum Kino war und mir alles erzählt. Hier ist Lenas Aussage." Jane las aus der Akte vor: „Ich habe zweimal vorher versucht, in die Bundesrepublik einzureisen. Einmal bin ich am Flughafen in München zurückgewiesen worden, einmal ist mein Einreiseversuch schon in Polen gescheitert. Auf Frage: Warum wollten Sie einreisen? Lena Ulmanis: Ich habe beim ersten Mal zur Hochzeit meiner besten Freundin gewollt. Die hat das Flugticket bezahlt."

Abel konnte es nicht glauben. Er zog die Akte zu sich her. Dankbar sah er Jane an.

„Oh, Babyjane."

Dann wollte er mit rügendem Unterton wissen: „Und wo hattest du *diese* Akte denn gehortet?"

Ganz kurz, mit einer kleinen Geste strich sie ihm über den Arm und lächelte ihn flüchtig an. Dann schaute sie auf die Uhr. Sie wirkte müde und ein wenig traurig.

„Es ist schon halb zwei. Ich komme morgen eine Stunde später, wenn's dir nichts ausmacht."

„Was ist jetzt mit Helmfrrried?"

Jane lächelte halb. „Glücklich verheiratet. Eine Tochter."

Abel fragte behutsam: „Hat er es dir ... vorher oder nachher gesagt?"

Jane streichelte Schmitz, der vor ihr saß und sie anhimmelte.

„Er hat es überhaupt nicht gesagt. Seine Tochter war mit ihrem Freund auch im Kino und hat eine Wahnsinnsszene hingelegt."

„Arme Jane. – Aber Kino ist doch kein Grund für eine Szene."

Da blühte in Janes Gesicht ein böses Lächeln auf.

„Wenn man sich am Ausgang leidenschaftlich küsst und dabei von der Tochter gesehen wird ... 19 Jahre, energisches Persönchen, nur so groß ..." Jane zeigte die Größe mit einem Kopf kleiner an, als sie war. „... aber Feuer in den Augen."

Jetzt, so aus der Distanz gesehen, musste Jane fast lachen, als sie daran dachte.

„Und ich habe vorher dreimal gesagt ‚nicht hier', aber du weißt, wie Männer sind."

Abel und Jane schauten sich an. Abel konnte nicht genau einordnen, wie sich Jane jetzt fühlte. Er versuchte ein Lachen zu unterdrücken, doch dann lachten beide gleichzeitig schallend los. Schmitz richtete sich verstört auf. Er verzog sich in die Küche. Sie fielen sich in die Arme.

Jane japste: „Kussmaul."

Abel schnarrte: „Helmfrrried und die Liebesfilme ..."

„Angewandte Psychologie."

Jane löste sich immer noch lachend aus der Umarmung und tupfte sich vorsichtig die Augen, um ihr Make-up nicht zu verwischen. Sie ging und winkte Abel zu: „Schlaf gut."

Auch Abel hörte jetzt auf zu lachen. Eine leise Enttäuschung stand ihm ins Gesicht geschrieben. Jane könnte ja beispielsweise auch hier bleiben. Leise sagte er: „Ciao, Babyjane."

Jane warf die Kassette, die Lena im Sommer für sie aufgenommen hatte, im Hinausgehen in den Papierkorb.

Abel hatte schlecht geschlafen, nachdem Jane da gewesen war. Frauen! Sie würden ihm noch einmal den letzten Nerv rauben. Da Jane eine Stunde später anfangen wollte, musste er seine Sachen morgens selbst zusammensuchen und wäre fast zu spät gekommen.

Als er in den Saal hetzte, waren bereits alle da. Lena saß schon auf der Bank der Nebenklage und sah ihn an. Auch sie schien schlecht geschlafen zu haben. Abel begrüßte sie flüchtig, zog nachlässig seine Robe über, knöpfte sie nicht zu und setzte sich. Gleich zu Beginn der Verhandlung beantragte er, das Protokoll, das ihm Jane in der Nacht gebracht hatte, als Beweismittel zulassen. Dann verlas er es.

Nach einer kleinen Pause, in der er in die Runde schaute, sagte er: „Von Falschaussage kann man doch dann nicht reden, wenn die Zeugin die Karten schon beim Ermittlungsrichter auf den Tisch gelegt hat."

Er wandte sich Frau Seeborn zu, die sichtlich verärgert war, dass Abel ihren Angriff pariert hatte.

Der Vorsitzende Richter rügte: „Fairerweise hätte die Verteidigerin vielleicht darauf hinweisen können, bevor sie einen Vereidigungsantrag stellt."

Frau Seeborn knurrte mit versteinertem Gesicht: „Von Prostitution und roter Reizwäsche ist aber in dem Protokoll nicht die Rede."

Billmair schaltete sich ein. „Jetzt lassen Sie mal die Kirche im Dorf, Frau Kollegin!"

Die Verteidigerin stand auf, ging zum Richtertisch und gab einen eigenen Beweisantrag ab. Dabei schaute sie Lena an. Abel wusste nicht, was die Anwältin nun noch in petto hatte. Er war gespannt. Der Richter überflog den Antrag über den Rand seiner Brille und nickte. Kein gutes Zeichen.

Frau Seeborn erläuterte ungefragt: „Trotz aller Nebelbänke, die die Herren dort drüben legen, sage ich: die Zeugin Ulmanis lügt das Blaue vom Himmel herunter. Und sie tut das hier ungestraft, weil sie mit dem Staatsanwalt über ihren Anwalt einen Handel abgeschlossen hat, dessen Opfer mein Mandant werden soll."

Nun fuhr Billmair hoch, knallte mit der Faust auf den Tisch und sprang auf.

Abel rief mit erhobener Stimme: „Ich verbitte mir das! Nehmen Sie das sofort zurück!"

Frau Seeborn bedachte ihn mit einem eisigen Blick.

Dann sagte sie mit einem schmalen Lächeln: „Ich lüge nicht wie andere Beteiligte in diesem Verfahren."

Billmair schnauzte: „Ich bitte diese Behauptung zu protokollieren!"

„Frau Rechtsanwältin, diese Behauptung müssen Sie beweisen können," rügte der Vorsitzende in scharfem Ton.

Eisige Stimmung.

Die Verteidigerin wusste genau, dass sie zu weit gegangen war, aber sie hatte verunsichert Pfeile mit Widerhaken abgeschossen. Deswegen fiel ihr der Rückzug leicht, besser gesagt, er war Teil des Plans. „Ich nehme die Behauptung über den Deal zurück, weil ich sie – letztlich – nicht beweisen kann. Dasselbe gilt für die Behauptung, dass die Herren Kollegen lügen."

Billmair setzte sich wütend. Abel gönnte ihm ein halbes Lächeln. Ein kurzer Moment gespannter Ruhe kehrte ein.

Von Arnheim überflog den Antrag der Verteidigung, dann trug er vor: „Die Verteidigung behauptet, es soll technisch nicht möglich sein zu hören, was im Partykeller des Hauses des Angeklagten gesprochen wird."

Lena warf ein: „Doch, man hört jedes Wort, wenn der Ventilator im Partykeller nicht läuft."

Abel sprang ihr zur Seite.

„Ich beantrage einen Ortstermin, bei dem überprüft werden soll, ob man Gespräche im Partykeller des Angeklagten mithören kann, wenn der Ventilator nicht läuft."

Seufzend gab der Richter dem Antrag statt und beraumte den Ortstermin für den Nachmittag an. Das bedeutete, dass das gesamte Gericht mit allen Beteiligten zum Haus von Wolnek fahren würde, um dort die Begebenheiten zu prüfen. Vorsichtshalber ordnete er einen Sachverständigen vom LKA bei, weshalb seine Geschäftsstelle hektisch telefonieren musste.

Nach dem Mittagessen trafen sich alle Prozessbeteiligten vor Wolneks Haus in Grünwald. Die Richter, die Schöffen, Staatsanwalt und Verteidigung. Der Angeklagte, der von einem Streifenbeamten bewacht wurde, und Abel, der mit Lena und ihrem Beschützer in Zivil gekommen war. Nach einer kurzen Begrüßung durch von Arnheim und der Schlüsselübergabe durch den Angeklagten konnte die Verhandlung beginnen.

Der Sachverständige stellte sich vor. „Roister, Franz.“ Er nannte den Nachnamen vor seinem Vornamen, wie es in Oberbayern noch üblich war und setzte hinzu: „Ingenieur FH, Vereidigter Sachverständiger für Akustik und akustische Phänomene beim Landeskriminalamt.“ Der Roister, Franz war eine elegante Erscheinung. Anzug und Krawatte unter weißem Kittel. Er sah aus wie ein Erfolgszahnarzt, wenn er nicht einen Präzisionskopfhörer um den Hals geschlungen und einen Koffer mit Instrumenten auf Rollen hinter sich her gezogen hätte.

Abel musste nun vor Ort und unter fachkundiger Aufsicht demonstrieren, dass es sehr wohl möglich war, Gespräche, die im Partykeller geführt wurden, zu belauschen. Das Problem war, er hatte keine Ahnung von den Örtlichkeiten. Tuschelnd erkundigte er sich bei Lena. Billmair und die Rechtsanwältin Seeborn beobachteten das mit Misstrauen.

Das Gericht begab sich mit der Staatsanwaltschaft und der Verteidigung ins Haus. Das fragliche Fenster wurde geöffnet. Darunter befand sich ein Lüftungsschacht. Der Vorsitzende Richter öffnete auch noch den anderen Fensterflügel und beugte sich hinaus, um sich die Gegebenheiten anzusehen. Dann trat er zurück und ließ die anderen sich orientieren.

Lena stand im Blumenbeet neben dem Schacht, hielt die vom Frost verdörrten Ranken einiger Stauden, die an der

Hausmauer emporgeschossen waren, mit einer Hand zurück und erklärte: „Ich bin zufällig darauf gekommen. Ich habe einmal aus dem Fenster gesehen, als ich rausgeschickt worden bin. Da hörte ich Stimmen. Erst später ist der Ventilator gelaufen. Er schaltet sich automatisch nach gewisser Zeit ein."

Abel half Lena die Pflanzen zurückzuhalten. Wie würde Wolnek reagieren? Der stand auf dem welken Rasen, die Fäuste in die Hüften gestemmt, ganz der Hausherr, links und rechts flankiert von seinen Bewachern, und folgte der Demonstration mit grimmiger Belustigung.

Nun sprach von Arnheim in ein Walkie-Talkie, das ihm der Sachverständige vor der Begehung ausgehändigt hatte.

„Können wir mal einen Satz hören?"

Der Sachverständige stand im Partykeller, bewunderte die Pokale von Wolnek und war gerade dabei, im Geiste seinen Keller genauso aufzupeppen, als er von Arnheims Stimme hörte.

Er schaltete das Funkgerät aus und rezitierte mit normaler Stimme: „Vom Eise befreit sind Strom und Bäche durch des Frühlings holden, belebenden Blick. Im Tale grünet Hoffnungsglück."

Roister schob dabei auf einem Deck, das einem Mischpult nicht unähnlich war, ein paar Regler hin und her. Ein kleiner Bildschirm produzierte Amplituden.

Oben beugte sich Lena nervös über den Schacht, aber es war nur ein undeutliches Geräusch zu hören. Man konnte kaum eine menschliche Stimme unterscheiden, geschweige denn ein Wort verstehen.

Roister schaltete das Funkgerät wieder an. Er hörte die Stimme von Arnheims aus dem Gerät schnarren.

„Bitte lauter und deutlich artikulierten."

„Dann gehe ich um zehn Dezibel höher, aber das ist dann schon nicht mehr Konversationston."

Wieder schaltete er das Gerät aus, stellte sich in Position und rezitierte ein zweites Mal, wobei er genau auf Atemtechnik und Betonung achtete: „Vom Eise befreit sind Strom und Bäche durch des Frühlings holden, belebenden Blick. Im Tale grünet Hoffnungsglück."

Erneut war aus dem Schacht nur ein dumpfes Rumoren zu vernehmen. Zwar lauter, aber immer noch nicht zu verstehen.

Wolnek sah seine Verteidigerin an, die hinter von Arnheim aus dem Fenster lehnte. Abel fing den Blick auf, vermochte aber nicht, ihn zu deuten.

Nun wies von Arnheim den Sachverständigen an: „Jetzt bitte laut rufen."

Man hörte nun ein etwas lauteres Geräusch aus dem Schacht hallen, aber man konnte wiederum kein Wort unterscheiden. Alles war völlig gedämpft und verzerrt. Der Vorsitzende Richter drückte noch einmal auf das Funkgerät.

„Danke, Herr Roister."

Dann sprach er die Umstehenden an.

„Hat jemand etwas verstehen können?"

Allgemeines Kopfschütteln.

Die Augen wandten sich Lena zu, die eindringlich sagte: „Aber das gibt es doch nicht! Ich habe Wort für Wort ganz deutlich hören können. Und sie haben noch nicht mal laut gesprochen."

Frau Seeborn ging darauf nicht ein.

Sie bemerkte kalt: „Jetzt ist es glasklar, die Zeugin hat einen Meineid geschworen, Hohes Gericht!"

Von Arnheim blickte Lena lange an. Man konnte ihm ansehen, dass er der Verteidigerin glaubte und wütend auf Abel und seine Mandantin war, weil sie ihn veranlasst hatten, auch noch einen Ortstermin anzuordnen, der Zeit und Geld kostete, nur um Lenas Lügengebäude zu untermauern. Er fühlte sich hereingelegt.

Frau Seeborn kam aus dem Haus und stellte sich zu Wolnek. Der Wachtmeister warf von Arnheim, der mit den übrigen Richtern nun auch aus dem Haus trat, einen unsicheren Blick zu, als er Wolnek wieder Handfesseln anlegte. Abel wechselte mit Billmair einen Blick. Billmair nickte unmerklich.

Abel sprach die Umstehenden an: „Einen Moment noch."

Er stand mit dem Rücken zur Wand. Es gibt Fälle, in denen ein Anwalt einen Teil seiner Reputation verspielt, weil er seiner Mandantschaft zu sehr vertraut und sich im Dickicht gewagter Theorien und spekulativer Vermutungen verheddert. In genau so einer Lage befand sich Abel. Lena merkte das. Abel spürte ihre Wut. Er sagte sich, sie ist einfach nicht so naiv, dass sie nicht die Situation einschätzen kann. Sie hat keinen Grund, dich vorzuführen, Jean Abel! Egal was passiert war.

Abel spürte die Blicke des Vorsitzenden und der Verteidigern. Er bemerkte, wie Billmair wegsah. Wegsehen ist eine deutsche Eigenschaft, fuhr es ihm durch den Kopf, und er wusste noch nicht einmal, warum ihm das gerade einfiel.

Von Arnheim, der sich bereits zum Gehen wandte, drehte sich entnervt zu Abel um.

„Wieso ... Moment?"

„Ich muss mit meiner Mandantin sprechen".

Das Gericht konnte das nicht verhindern, aber der Vorsitzende war sichtbar verärgert.

Abel nahm Lena auf die Seite und redete auf sie ein. Alle beobachteten die beiden. Lena nickte ein oder zwei Mal. Abels Miene hellte sich auf. Er wandte sich an von Arnheim.

„Ich will einen Beweisantrag stellen."

Keiner wusste, worauf Abel hinaus wollte.

Von Arnheim reagierte ungehalten. Er blaffte Abel an. „Hier?"

„Ja, aus Gründen der Prozessökonomie."

Schnaubend lachte der Richter.

„Na, dann lassen Sie mal hören. Von wegen Prozessökonomie. Haben Sie eigentlich eine Vorstellung davon, was der kleine Ausflug hierher den Staat wieder mal kostet?"

Abel ließ die Bombe platzen, um ihn nicht noch weiter zu verärgern.

„An der Lüftungsanlage wurde nach dem von der Zeugin Ulmanis belauschten Gespräch etwas verändert. Das war der Zeugin aufgefallen, als sie zuletzt bei dem Angeklagten im Haus war."

Der Vorsitzende Richter sah Wolnek an, der von dem Wachtmeister bereits am Arm auf den Gartenweg geführt wurde.

„Stimmt das?"

Wolnek antwortete nicht. Er sah auch nicht auf. Er stand mit vor dem Bauch gefesselten Händen auf dem Weg und sah auf die Platten. Frau Seeborn trat zu ihm und begann mit ihm zu tuscheln. Wolnek flüsterte zurück und zeigte keinerlei Regung.

Abel zog die Aufmerksamkeit wieder auf sich.

„Herr Wolnek, haben Sie Veränderungen an der Lüftung vorgenommen?"

„Das Ding wurde repariert, basta", beschied Wolnek und hob die gefesselten Hände. „Ich weiß nicht was das soll."

Nun kam die Stunde des Ing. FH Roister. Besser gesagt die Doppelstunde. Er begann das Lüftungsaggregat auszubauen und zu prüfen. Er maß mit seinen Instrumenten, untersuchte mit Lupe und verglich mit komplizierten Zahlenkolonnen in seinem Laptop. Dann telefonierte er mit einer Fachfirma, mit einer zweiten und einer dritten.

Das Gericht langweilte sich. Nur Nebenklage, Anklage und Verteidigung wirkten nervös – und Wolnek ebenso wie Lena.

Endlich war Roister fertig. Er referierte, während er seine Hände mit einem Erfrischungstuch reinigte: „Also es ist so, in die Anlage wurde vor kurzer Zeit ein Doppelfilter eingebaut. Serienmäßig ist das nicht vorgesehen. Solche Doppelfilter installiert man eigentlich nur, wenn besonderer Schallschutz notwendig ist, beispielsweise in einer Fräserei oder bei einem Schreiner. Das haben mir drei Fachfirmen bestätigt."

Abel hakte nach: „Auch schon mal in einem Privathaus?"

„Nee. – Aber der Kunde ist König."

Nach exakt fünf Minuten war der Filter ausgebaut. Von Arnheim schickte den Sachverständigen samt Walkie-Talkie wieder in den Keller und begab sich dann ins Haus.

Dieses Mal konnte man schon beim ersten Versuch klar und deutlich Roisters Stimme vernehmen: „Vom Eise befreit sind Strom und Bäche durch des Frühlings holden, belebenden Blick. Im Tale grünet Hoffnungsglück." Jedes einzelne Wort!

Abel nickte zufrieden. Lena drückte unauffällig Abels Hand, der vor ihr stand und dem man ansah, dass ihm ein Stein vom Herzen fiel. Lena strahlte.

Von Arnheim: „Noch Fragen? Oder wird ein Beweisantrag gestellt, der den Umbau der Anlage betrifft?"

Frau Seeborn schüttelte verdrossen den Kopf. Wolnek blickte weg. Er stand mit hängenden Schultern auf dem Weg. Ihm war klar, dass er verloren hatte.

Abel drückte nun Lenas Hand, leicht, fast zärtlich. Dann wurde sie wieder weggebracht. Wohin, durfte selbst Abel nicht wissen.

Freitag, 11. November

Urteilsverkündung. Diesmal war der Saal nur mäßig besetzt. Die Zeitungen hatten die Story über den wohlhabenden Steuerberater aus Grünwald längst ausgeschlachtet. Das Ergebnis war ihnen nur noch eine Kurzmeldung wert. Alle Prozessbeteiligten waren anwesend. Annabelle natürlich auch, obwohl in der Ettstraße der Polizeipräsident persönlich vor den Kollegen über die dritte Organisationsreform in fünf Jahren referierte. Annabelle hatte schon viele Reformen dieser Art durchgestanden. Mit und ohne persönliche Ansprache des Präsidenten.

Abel freute sich auf Lena. Sie trat als eine der Letzten in den Saal, setzte sich neben Abel und lächelte ihn an. Wieder blieb ihm nicht mehr, als ihr die Hand zu drücken. Sie waren nie allein und konnten daher nie das aussprechen, was sie beide dachten.

Von Arnheim stand auf. Er verkündete das Urteil. Alle im Saal Anwesenden folgten ihm.

Er las vom Blatt:

„Im Namen des Volkes. Der Angeklagte Ulf Wolnek wird wegen des Verbrechens der Anstiftung zum Mord zu lebenslanger Freiheitsstrafe verurteilt. Von den weiteren Anklagepunkten wird er freigesprochen. Er trägt die Prozesskosten und seine eigenen notwendigen Auslagen. Der Haftbefehl bleibt aufrechterhalten."

Wolnek nahm das Urteil mit ungerührtem Gesicht entgegen. Der Richter und seine Beisitzer nahmen Platz. Lena strahlte. Annabelle nickte zufrieden. Abel konnte man ansehen, wie stolz er war. Er hatte geschafft, was er am Schluss selbst nicht mehr für möglich gehalten hatte.

Frau Seeborn legte tröstend ihre Hand auf Wolneks Unterarm. „Revision. Wir gehen in die Revision."

Der Richter setzte zur Urteilsbegründung an. „Der Angeklagte hat keine Reue in der Verhandlung gezeigt, kein Wort der Einsicht. Ein Mann, der sich wie er kaltblütig zum Herrn über Leben und Tod aufschwingt, darf vom Gericht keine Milde erwarten. Überführt wurde der Angeklagte letztlich durch die Aussage der Zeugin Lena Ulmanis. Zwar hat die Verteidigung immer wieder versucht, die Glaubwürdigkeit der Zeugin zu erschüttern. Doch das ist nicht gelungen. Die Kammer schenkt ihrer Aussage Glauben, dass sie gehört hat, wie der Angeklagte den Befehl zum Mord an der Prostituierten Fila Balodis gegeben hat. Dass die Tat kurz darauf mit großer Brutalität ausgeführt wurde, steht außer Zweifel ..."

Genau zur selben Zeit, auf dem Straßenstrich, wo Laiwand seine Wohnwagen aufgestellt und mit Prohaska versucht hatte, sich Lena gefügig zu machen, glitt ein großer Mercedes 12–Zylinder vorbei. Die getönten Scheiben waren geschlossen. An einem etwas zurückliegenden Wendehammer, den erfrorenes Brombeergestrüpp umrankte, in dem sich Plastiktüten, verrostete Coladosen und Schlimmeres verfangen hatten, kam er zum Stehen. Auf dem Wendehammer parkte bereits ein auberginefarbenes BMW-Cabrio. Aus dem Auto stieg ein junger Mann, Bruno, in tadellosem Anzug. Den Kopf wegen einer beginnenden Glatze kahl geschoren, mit dunkler Designerbrille. Mit eiligen Schritten und erfreutem Gesicht trat er auf die dunkle Limousine zu und stieg ein.

Laiwand lehnte im Fond, Bruno setzte sich auf den Beifahrersitz. Er begrüßte Laiwand jovial und gab ihm einen Umschlag.

„Herr Laiwand, alles klar."

Laiwand sprach nun weitgehend hochdeutsch. Er passte sich an seine neue Situation an.

„Die Wohnwagen müsst ihr besser beleuchten. Die Freier wollen bunte Lichter sehen. Und Sauberkeit, Bruno. Hygiene! Wir verkaufen eine Dienstleistung, ein Produkt. Nicht high class, aber Qualität."

Bruno nickte lächelnd.

„Hab ich Ihnen schon gesagt, dass wir die Mädchen erst schulen wollen, bevor wir sie einsetzen? Servicewüste Deutschland, das muss anders werden. Ich habe schon ein Konzept ausgearbeitet."

Laiwand konnte den jungen Typ nicht leiden, der mit seinen Sprüchen und seinem Aussehen aus einer Werbeagentur auf einen Sprung zum Strich herübergeschaut haben könnte. Er nahm sich wieder einmal vor, Jaro im Knast zu besuchen. Laiwand hatte eine reine Weste und bekam jederzeit eine Besuchsgenehmigung von der Staatsanwaltschaft. Er schnauzte ungehalten seinen Assistenten an: „Machen, nicht sagen! – Wie viel umgesetzt?"

Bruno war eingeschnappt. „95.000. Das sind über 12 Prozent mehr als im Vormonat zur Peaktime, Herr Laiwand."

Laiwand nickte. Manchmal wünschte er sich Prohaska zurück. Sie waren eben beide aus demselben Holz.

Mittwoch, 7. Dezember

Abel spielte in seinem Bistro Billard. Heute hatte es das erste Mal geschneit. Da er wie üblich keine Winterreifen aufgezogen hatte, musste er einen Termin bei einem Mandanten in Garching absagen und hatte sich – sozusagen gezwungener Maßen – in seine Stammkneipe zurückgezogen, um ein bisschen an seiner Technik zu feilen. Er war gut gelaunt. Die kalte Luft auf dem Weg durch das Viertel hierher hatte ihm gut getan. Schmitz lag klatschnass aber selig schnarchend unter dem Tisch und verströmte einen leichten Geruch nach nassen Füchsen. Er träumte von den Schneebällen, die ihm sein Herr geworfen hatte. Im Traum wurden sie zu Hühnern und Kaninchen. Er zuckte mit den Läufen und winselte ein wenig. Abel visierte und traf gut. Er war dabei, zügig das Tuch leer zu spielen.

Er sah nicht, dass Lena auf ihn zukam. Sie hatte sich noch einmal radikal verändert. Ihre Haare waren extrem kurz geschnitten und nicht mehr gefärbt. Sie trug professionelles Make-up und eine elegante Brille. Sie wirkte viel älter und intellektueller. Wie eine Übersetzerin vielleicht oder eine Galeristin. Nach wie vor hübsch, aber durch die kurzen Haare eher zerbrechlich.

„Hi, Jean."

Abel fuhr herum. Er erkannte Lena zuerst nicht, dann huschte ein Lächeln über sein Gesicht.

„Lenika!"

Lena holte eine teure Flasche Rotwein hinter ihrem Rücken hervor und drückte sie Abel in die Hand. Der besah bewundernd das Etikett.

„Die habe ich vom ersten Geld gekauft, das ich selbst verdient habe. Jetzt, nachdem die Revision von Wolnek verworfen worden ist, da wollte ich endgültig Danke sagen."

Abel war baff. Er sah sie von oben bis unten an.

„Wie geht's dir? Wo arbeitest du?"

Achselzucken. Lena lächelte ihn strahlend, aber auch ein bisschen wehmütig an.

„Sie haben das sehr gut organisiert. Noch nicht mal Annabelle weiß, welchen Beruf ich habe, wie ich jetzt heiße, wo ich wohne. Und eigentlich dürfte ich nie wieder in deiner Nähe erscheinen. – Laiwand ist ja immer noch frei. Und dieser unbekannte Mann, der Fila totgefahren hat, ... und Weber, mit dem Wolnek abrechnen musste, was er eingenommen hat."

„Aber?"

Lena blickte ihn an, schien ihn mit ihren Blicken in sich aufzusaugen. Sie sah sehr traurig aus.

„Ich wollte dich ganz einfach noch mal wieder sehen." Leise fügte sie hinzu: „Ich habe oft an dich gedacht, ziemlich oft sogar."

Abel schaute sich um. Die Kneipe war um die Uhrzeit nahezu leer.

„Lass uns zu mir gehen und die Flasche trinken."

Lena stellte sich auf die Zehenspitzen, legte Abel leicht den Arm um den Hals, mit der anderen Hand fuhr sie unter dem Revers seines Jacketts entlang und gab ihm einen genauso spielerischen Kuss wie beim ersten Mal im Sommer. Als Abel darauf eingehen wollte, löste sie sich von ihm, trat einen Schritt zurück und sagte: „Leb Wohl, Abel. Ich war mal sehr in dich verliebt ... na ja, in meinem Leben ist viel schief gegangen ... Und vielen, vielen Dank."

Jetzt war es an Abel, wehmütig zu lächeln.

„Vielen, vielen Bitte, Lenika."

Lena ging rückwärts zur Tür, dann drehte sie sich um und war verschwunden. Die kleine Klingel über der Tür hallte noch ein bisschen nach. Abel stützte sich auf sein

Queue, die Flasche kostbaren Roten in der Hand, und sah ihr nach. Schnee wirbelte vor der Scheibe vorbei. Er stellte die Flasche vorsichtig weg, nahm die blaue Kreide und rieb die Spitze seines Queues ein.

„Shit happens, gell Schmitz", sagte er, und es schien ihm, als zwinkere ihm sein Hund zu.

Nachwort

Wie in meinen zuletzt bei Pendragon erscheinenden Abel-Romanen, werde ich am Ende der Story ein wenig aus dem Nähkästchen plaudern. Hintergründe über Abel, seine Freunde, seine Fälle, die Filme, die Schauspieler und Regisseure und vieles mehr. Erwarten Sie keine systematische Darstellung, nur eben eine Plauderei.

Vater, Tochter und Abel

Auf Anhieb könnte ich nicht sagen, welcher Autor mit seiner Tochter zusammen einen Krimi geschrieben hat. Mir fällt kein Beispiel ein. Bei uns, meiner Tochter Léonie-Claire, die alle nur Léo nennen, war es keineswegs das Bedürfnis irgendwelche Präzedenzfälle zu schaffen, was uns zur Zusammenarbeit an diesem Roman brachte, es war das Drängen unseres Verlegers Günther Butkus. Schon bevor er den ersten „Abel" per Taschenbuch wieder zum Leben erweckte, lag er mir damit in den Ohren, dass unbedingt ein neuer Krimi herauskommen müsse, die Leser, die Buchhändler, seine Vertreter, alle bestünden darauf – und er sowieso. Auch gründlich überarbeitete Neuauflagen könnten Neuerscheinungen nicht ersetzen.

Einerseits schmeichelt das, andererseits habe ich wenig Zeit, weil ich hauptsächlich in der nervösen und nur unter Quoten-, Boxoffice- und Anspruchsdruck funktionierenden Filmbranche arbeite. Es war dennoch nicht zu leugnen, dass Butkus Recht hatte.

Was tun? Léo fragen?

Sie hatte nach ihrem Juraexamen ein Aufbaustudium in einer Film-„Masterclass" in Ludwigsburg und Paris absolviert, fand aber trotz bester Voraussetzungen und intensiver Suche keinen Job, weil man mit Producern, auch sehr erfahrenen Leuten, momentan die Straße pflastern kann. Sie hat inzwischen ihre Zulassung als Anwältin, träumt aber immer noch von den laufenden Bildern. Da ergab es sich, dass ich den Neustart des Tatorts im Saarländischen Rundfunk angeboten bekam. Neues Konzept, neue Figuren und

Schauspieler, neue Herausforderung. Ich dachte, ein anderer Blick, zumal von einer jungen Frau, sozusagen als Auffrischung der Routine des Autors, wäre der Sache dienlich. Und schreiben kann Léo. Das habe ich mir nicht nur eingebildet, wie Väter halt manchmal so sind. Schon in der Schule war sie in dieser Hinsicht – anders als ich selbst – positiv aufgefallen. Meine Partner in Redaktion und Produktion akzeptierten. Also legten wir los. Die Arbeit machte Spass, jeder lernte vom anderen. Eine völlig neue Erfahrung als Vater und zudem notorischem Soloautor, was im Drehbuchgewerbe inzwischen fast eher die Ausnahme als die Regel ist.

Bei den Kriminalromanen ist es umgekehrt, die Autorengespanne kann man an den Fingern abzählen. Und außerdem haben die Abel-Krimis eine eigene Handschrift, einen besonderen Stil und eine gewisse Atmosphäre, die unsere Leser schätzen und die man allenfalls behutsam weiterentwickeln soll. Ein klarer Trennungsstrich unter die Vergangenheit und ein Relaunch war, anders als im Saarland, gerade nicht gefragt. Frage war, ob Léo das wollte und konnte. Da wir einen experimentierfreudigen Verleger haben, gingen Tochter und Vater trotz aller Bedenken auch im Kriminalroman gemeinsam an den Start. Wir vereinbarten, dass Léo zuerst den Text schreiben und ich ihn später überarbeiten sollte.

Ich erinnere mich noch sehr gut, dass ich über ein Jahr brauchte, bis ich den Plot für meinen ersten Roman „Reiche Kunden killt man nicht" einigermaßen im Griff hatte. Geschichtenerfinden muss man auch lernen. Diese Prozedur wollte ich meiner Tochter nicht zumuten. Sie hatte ja gleich in zwei Disziplinen typische Anfangsschwierigkeiten zu meistern: in der epischen und der dramatischen Schreibe. Beides hat seine eigenen Gesetze. Also griffen wir auf einen der 20 Abel-Filme zurück. Die Rechte an eventuellen Romanfassungen der Drehbücher lagen bei mir.

Damit hatte sie eine Vorlage, hatte Dialoge und Szenen, aber eben keine romanmäßige Ausgestaltung. Es gibt gute Gründe, weshalb nur sehr selten Drehbücher gedruckt und herausgegeben werden, sie sind Blaupausen für einen Film und eignen sich nicht besonders gut als spannende Lektüre. Wer ein Drehbuch als Roman adaptiert, muss mindestens so weite Wege gehen, wie der Autor, der aus einem Roman ein Filmskript schreibt.

Dass ein Roman für den Film adaptiert wird ist üblich, der umgekehrte Vorgang eher selten. Deswegen liegen auch weniger Beispiele vor, aus denen man lernen könnte. Ein paar „Bücher zum Film" vielleicht. Ich weiß nicht, ob sich mancher Kollege nicht sogar schwerer damit tut, die szenisch geführte und über Bilder und Dialoge erzählte Filmgeschichte in einen Roman umzuarbeiten, als gleich eine neue Geschichte zu erfinden. Léo indessen nahm die Herausforderung gelassen an. Sie las noch einmal und gründlich alle meine Romane und Kurzgeschichten mit Jean Abel, schaute sich die Filmvorlage an, studierte das Drehbuch – und sie legte los.

Ich war höllisch gespannt, als nach einiger Zeit ihre Mail mit der ersten Textprobe kam. Ich las das Manuskript in einem Stück und mailte zurück: „Gute Arbeit!" – und dann folgte eine Liste von Änderungsvorschlägen. Klar, aber ich hätte nie gedacht, dass Léos Vorlage so nah an meinen eigenen Stil herankommen würde. Es gab keine grundsätzlichen Fehler, das Manuskript hatte einen eigenen Charakter. Und eine Kopie meiner Schreibe war weder verlangt noch nötig – eine behutsame Fortentwicklung war unser Ziel. Léo schrieb sich zunehmend frei und am Ende hatte ich weniger zu meckern als bei der Überarbeitung meiner eigenen frühen Romane.

Wir haben zusammen mit Günther Butkus lange darüber nachgedacht, ob es Sinn macht, dass ich mich mit fremden Federn schmücke und alleine als Autor auf dem Buchumschlag erscheine. Der Name Fred Breinersdorfer als Label?

Aber ich bin ein Freund klarer Verhältnisse. Und meine Tochter ist nicht meine Ghostwriterin. Also entschieden wir uns, Léo als Mitautorin zu nennen, auch wenn ihr Debüt im Kriminalroman damit genauso wie ihr Drehbuchdebüt mit dem Vater verbunden ist. Sie hat ein gesundes Selbstbewusstsein und stört sich nicht daran. Wer uns kennt weiß, ich bin alles andere als eine Glucke und meine Tochter schon überhaupt kein Küken. Unsere Zusammenarbeit ist keineswegs konfliktfrei – aber im positiven Sinne. Es geht um den Text, den Stil, Dramaturgie und Logik. Wer die besseren Argumente hat, setzt sich durch, wenn es um Geschmacksfragen geht manchmal auch der mit dem dicksten Schädel. Léo ist die Tochter ihres Vaters, kann ich dazu nur sagen.

Wieder kein Mord

Es ist zwar kein Markenzeichen der Abel-Krimis, aber sie weichen in einigen Punkten stets vom bekannten Schema ab. Obwohl fast alle behaupten, dass sich ein „richtiger" Krimi um einen Mord zu drehen hat, behaupte ich, dass es auch ohne geht. Mein Roman „Der Dienstagmann" funktioniert ganz ohne Todesopfer. Es geht dort um eine bestialische Vergewaltigung. Schlimm genug!

In „Das Hurenspiel" sind die Gewichte verlagert: Es gibt zwar eine Tote, aber sie begeht Selbstmord, daran lassen wir keinen Zweifel und verzichten auf jegliche Verdachtsmomente. Denn auch ein Selbstmord ist schlimm genug. Er muss allen Beteiligten, den freigesprochenen Zuhälter ausgenommen, gewaltig auf der Seele liegen. Und vor allem zeigen wir damit die seelische Not der verschleppten und zur Prostitution gezwungenen Frauen. Damit versuchen wir, der Geschichte einen besonderen emotionalen Haken zu geben.

Vor diesem Hintergrund wirken die taktisch-juristischen Spielchen von Billmair viel spannender. Denn seine Trickserei kann lebensgefährlich werden. Dass ihn nicht nur Karrieregeilheit treibt, sondern auch der Ehrgeiz die wahren Halunken zu erwischen, macht ihn ambivalent und interessant. Nebenbei bemerkt, der „wahre" Billmair war da eher einfacher gestrickt und viel rücksichtsloser, aber dazu etwas später.

Dieser Roman ist nicht die klassische Geschichte einer Ermittlung. „Das Hurenspiel" ist eine Mischform aus „Whodunit" und Thriller. Die Täterfrage wird zwar gestellt, es geht um den wirklichen Verantwortlichen für Lenas Entführung und Qualen, die Handlung dreht sich aber hauptsächlich um Lenas aktuelles Schicksal. Wird sie abgeschoben und riskiert ihr Leben oder gelingt es Abel, sie in Sicherheit zu bringen?

Todesurteil für eine Dirne

Unsere Vorlage ist das Drehbuch für „Todesurteil für eine Dirne", einen der letzten Abel-Filme im ZDF. Die etwas antiquierte Wortwahl im Titel rührt daher, dass dem damaligen Redakteur im ZDF das Wort „Hure" nicht über die Lippen ging und er auf „Dirne" bestand.

Auch der Film war ein Debüt. Er ist der erste 90-Minüter von Marc Rothemund, der vorher als Regieassistent an namhaften Filmen mitgewirkt hat. Damit begann eine Zusammenarbeit zwischen Marc und mir, die 2006 in einer Nominierung zum Oscar in der Kategorie „Foreign Language Film" für „Sophie Scholl, die letzten Tage" gipfelte.

„Todesurteil für eine Dirne" ist ohne Zweifel einer der besten „Abel". Der Film wurde 1998 ausgestrahlt und bisher zweimal wiederholt – jedes Mal mit guten Einschaltquoten. Unser unvergleichlicher Abel-Star Günter Maria Halmer wurde für seine Leistung 1998 für den „Telestar", den Vorläufer des „Deutschen Filmpreises", in der Kategorie „Bester Schauspieler, Fernsehfilm" nominiert, ebenso wie Karoline Eichhorn, die „Lena" spielte, in der Kategorie „Beste Schauspielerin, Fernsehfilm". Zusätzlich gewann sie den „Goldenen Löwen", das damalige Pendant der Privatsender zum „Telestar", im selben Jahr in der Kategorie „Beste Schauspielerin".

Fakten, Fakten, Fakten

Das Drehbuch beruht, wie viele meiner Manuskripte, auf einem realen Fall. Ich liebe diese Tatsachenstoffe, denn die Realität ist oft bunter als jede Autorenphantasie. Deswegen recherchiere ich viel. Weil der Stoff im Rotlichtmilieu spielt, musste ich mir natürlich ständig Frozzeleien anhören.

Dabei lief die Recherche in diesem Fall völlig anders als normal. Als ich noch als Anwalt praktizierte, aber schon die Drehbücher für „Abel" verfasste, rief mich ein Kollege an und sagte, er suche nach einem Weg auf einen Missstand hinzuweisen, der ihn wahnsinnig ärgerte: Die miesen Tricks überehrgeiziger Staatsanwälte, die Zeuginnen aus dem Rotlichtmilieu bei den Ermittlungen gegen das organisierte Verbrechen zum Spielball ihrer Interessen machen. Er selbst hatte nur beschränkte Handlungsspielräume, weil er an seine anwaltliche Schweigepflicht gebunden war. Er fügte hinzu: Und ausserdem sei ein Zeitungsbericht zwar wirksam, aber ein Krimi zur besten Sendezeit werfe ein viel besseres Schlaglicht auf den Skandal.

Ich bin normalerweise übervorsichtig, wenn ich Tatsachenstoffe von Beteiligten oder Betroffenen angeboten bekomme, die das Medium Fernsehen für bestimmte Interessen instrumentalisieren wollen. Indes, der Kollege blieb hartnäckig. Er verband einen Besuch in Stuttgart mit einem Termin mit mir. Er kam, öffnete ohne lange Vorrede seine Tasche und nahm eine Akte heraus, die er über den Tisch schob und mir zu lesen gab. Er hatte sich von seiner Mandantin extra dazu autorisieren lassen. In seinem Fall ging es um 18 Fälle, nicht nur um zwei. Und der Staatsanwalt im Verfahren agierte im Vergleich zu unserem Billmair derartig verbohrt und rücksichtslos, dass es einem grausen konnte. Der Kollege war mit dem Zeugenschutz gescheitert und seine Mandantin war auf eigene Faust untergetaucht.

Der Film war eine heikle Sache, denn die junge Frau, die wir Lena nennen, lebte damals erst wenige Monate in einer anderen Stadt. Damit hatte ich auch die Verantwortung, die Tatsachenvorlage so weit zu verändern, dass „Lenas" Peiniger nicht den geringsten Anhaltspunkt bekommen durften.

Das ist gelungen, wie ich heute weiß. Glücklicherweise!

Hoffentlich ist es uns genauso gelungen, das zwielichtige Spiel des Oberstaatsanwalts Billmair zu porträtieren. Dazu gehört auch, dass wir das Schicksal des angeblichen Luden Laiwand am Ende offen lassen, halt wie im richtigen Leben. Ob der reale „Billmair" unseren Film gesehen hat ist nicht bekannt. Meinen Kollegen jedenfalls hat er nicht darauf angesprochen, dass er sich in der Figur des Paragraphenrambos wiedererkannt hat.